山东文化体验廊道故事丛书·下编

东营
历史文化故事

DONGYING LISHI
WENHUA GUSHI

总编纂　王志民
主　编　郭立泉

山东文艺出版社

图书在版编目（CIP）数据

东营历史文化故事 / 郭立泉主编. — 济南：山东文
艺出版社，2023.9
（山东文化体验廊道故事丛书）
ISBN 978-7-5329-6975-3

Ⅰ. ①东… Ⅱ. ①郭… Ⅲ. ①历史故事—作品集—
中国 Ⅳ. ①I247.81

中国国家版本馆CIP数据核字（2023）第153823号

东营历史文化故事
DONGYING LISHI WENHUA GUSHI
总编纂　王志民　　主编　郭立泉

主管单位	山东出版传媒股份有限公司
出版发行	山东文艺出版社
社　　址	山东省济南市英雄山路189号
邮　　编	250002
网　　址	www.sdwypress.com

读者服务	0531-82098776（总编室）
	0531-82098775（市场营销部）
电子邮箱	sdwy@sdpress.com.cn

印　　刷	山东临沂新华印刷物流集团有限责任公司
开　　本	880 毫米×1230 毫米　1/32
印　　张	7.75
字　　数	163千
版　　次	2023 年 9 月第 1 版
印　　次	2023 年 9 月第 1 次印刷
书　　号	ISBN 978-7-5329-6975-3
定　　价	59.00元

前　言

党的二十大报告明确提出："坚守中华文化立场，提炼展示中华文明的精神标识和文化精髓，加快构建中国话语和中国叙事体系，讲好中国故事、传播好中国声音，展现可信、可爱、可敬的中国形象。"习近平总书记在文化传承发展座谈会上深刻指出，要在新起点上继续推动文化繁荣、建设文化强国、建设中华民族现代文明。编纂出版《山东文化体验廊道故事丛书》（以下简称《丛书》）是深入学习贯彻党的二十大精神和习近平总书记重要指示精神，贯彻落实山东省委、省政府关于打造文化"两创"新标杆部署要求的重要举措，是立足山东文化资源优势，以沿黄河、沿大运河、沿齐长城、沿黄渤海和沿胶济铁路等文化体验廊道为轴线，以各市文化体验廊道建设为着力点，撷取历史文化精华的大型普及性学术工程，是在新的历史起点上讲好山东故事、坚定文化自信、推动文化繁荣、促进文旅结合的重点文化项目。

山东，古称"齐鲁之邦"，是中华文明最重要的发源地之一。奔流的黄河由山东入海，齐鲁大地是黄河文明的核心区域之一。巍峨屹立的泰山，自古以来就是历代帝王封禅之地，是中国东方上层文化的活动中心，1987年被联合国教科文组织列为中国第一个世界文化、自然双重遗产。黄渤海环绕的山东半岛是全国最大的半岛，漫长海岸线形成了丰厚的海洋文化资源，一直是中国北方海上丝绸之路的重要门户。山东又是伟大思想家、教育家孔子和孟子的故乡，是儒家文化的发源地，是中国人乃至全球华人、华裔心中的"圣地"。在被称为中华文明"轴心时代"的春秋战国时期，齐鲁是中华文明的"重心"所在：诸子百家，多出齐鲁；儒墨显学，独领风骚。齐国故都临淄，是当时最大的工商业都城，被国际足联命名为"足球起源地"；这里诞生了中国历史上最早的大学堂——稷下学宫，是诸子百家争鸣的学术文化中心；齐长城西起济水，东到大海，蜿蜒于泰沂山脉，全长一千余里，是现存最早的有准确遗迹可考、保存状况较好的古代长城；被列为世界文化遗产名录的京杭大运河，纵贯山东南北，极大影响了元明清以来山东地区的经济文化发展，鲁西沿岸城市带的崛起，成为中国南北文化交流融合的运河明珠，见证了山东地区社会文化的隆替嬗变。近代以来，随着烟台、青岛等沿海城市的崛起和胶济铁路的修筑，山东成为中西文化交流、冲突、碰撞、融合的核心地区之一，收回青岛主权成为"五四"爱国运动的导火索。革命战争年代，山东党政军民用生命和鲜血凝聚而成的"党群同心、军民情深、水乳交融、生死与共"的"沂蒙精神"，是齐鲁优秀文化、伟大建党精神与中国共产党领导的人民革命英雄主义精神的集中体现，是对山东境内沂蒙、胶东、渤海、鲁西（冀鲁豫边区）

等抗日革命根据地红色文化、革命精神的集中凝练和概括，与延安精神、井冈山精神、西柏坡精神等一起成为中国共产党人精神谱系的重要组成部分。齐鲁文化在中华文明发展中的特殊地位，山东地区源远流长、丰富厚重的文化资源，坚定文化自信和自觉的历史责任担当是我们举全省之力编纂《丛书》的内在动力。

《丛书》以国家文化公园建设为引领，以落实文化"两创"、推动"两个结合"为宗旨，以推动全省及各市文化建设为目标，是具有权威性、故事性、可读性、趣味性的历史故事集成，是一套可携带、可利用、可转化的文化读本。《丛书》分为上、下两编，上编16本，围绕"四廊一线"文化体验廊道、八大文化传承发展片区展开。"四廊一线"构筑的沿黄河、沿大运河、沿齐长城、沿黄渤海、沿胶济铁路的文化交通线纵横交错，相互联系又各具特色，其特点是以脍炙人口的故事形式联通"四廊一线"的人物事迹、重点景区、遗址遗迹等，厚植文化体验廊道的思想内涵和文化底蕴。八大文化传承发展片区，既涵盖了沂蒙、渤海、鲁西、胶东四大红色文化片区，又吸收了泰山文化、儒学文化、齐文化作为重要支撑，演奏出山东历史文化、革命文化、社会主义先进文化的时代交响。下编16本，紧紧围绕各地市优势和特色展开，主要记述本地区历史故事、文化遗址与人文景观、非物质文化遗产等内容，是推动文化廊道落地、推进片区文化建设、增强文化认同、深化文旅体验的重要载体。

《丛书》由山东省委常委、宣传部部长白玉刚统筹谋划和指导，省委宣传部专门组建学术编纂委员会负责具体实施，省直各有关部门和各市委宣传部给予大力支持配合，省内相关高校、研究机构和各市有关单位共 100 余位专家学者积极参与，历经酝酿策划、启动实施、提纲设计、样稿研讨、通稿审稿、编辑出版等六个阶段。2022 年以来，省委、省政府先后印发《关于打造中华优秀传统文化"两创"新标杆行动计划（2022—2025 年）》《关于建设文化体验廊道推动文旅融合高质量发展的实施计划（2023—2025 年）》，全方位挖掘展现山东人文沃土可以深度耕作的比较优势，为《丛书》编纂做好了思想、学术和组织准备。具体编纂过程中，省委宣传部专门印发《关于做好〈丛书〉编纂工作的指导意见》，统一思想认识，作出全面部署。编委会以线上线下形式，多次召开全体会议和分组专题会议，狠抓三个重要工作节点：**一是审定编撰提纲。**通过反复研讨、交流、修改、会审等形式逐一审定编写提纲，最大程度保证全书质量。**二是树立样稿典型。**集中力量撰写、反复研讨修改，确定分类样稿，做好典型导引。**三是全力做好通稿统审。**采用主编初审、各卷主编交流互审、学术专家主审、首席专家终审等层层把关、集中审查、反复修改的方式提高稿件质量。

回顾《丛书》编纂工作，始终注意把握好以下四个方面：**一是坚定文化自信。**通过挖掘历史资料、开发历史资源、恢复历史场景等形式，获取文化营养，坚定文化自信。**二是助推文化自觉。**通过传承弘扬优秀传统文化、红色文化、社会主义先进文化，深入挖掘历史先贤和革命先烈的伟大事迹，推动文化自觉，与培育践行社会主义核心价值观有机结合。**三是落实文**

化"两创"。精选真实历史故事，注重挖掘故事背后的文化内涵，推动齐鲁优秀传统文化在新时代创造性转化和创新性发展，推进文化自信自强。**四是服务文旅融合。**借助故事、景观、遗址、非遗讲解词、短视频等融媒体形式，让广大读者在区域文化旅游、廊道文化体验中感受中华文化的博大精深，增强民族自豪感和自信心。

在内容撰写上注重四个结合：**一是与廊道体验相结合。**突出廊道建设概念，以故事为纬线，以时代发展为轴线，通过富有魅力的故事讲述，展示历史人物、景观、史实，引领读者体验传统文化的恢宏气势和博大精深。**二是与景观建设相结合。**以真实动人的故事为景观建设提供重要的历史资源和文化依据，通过一个个精品景观建设展示历史故事的丰富内涵和当代价值。**三是与文物保护相结合。**通过讲述历史故事，让广大读者进一步了解相关文物、遗址的历史文化价值，提升文物保护意识，推动群众性文物保护工作再上新台阶。**四是与媒体利用相结合。**立足于故事转化，使故事成为各类媒体传播的重要基础、蓝本和素材，成为廊道文化、片区文化讲解、传播的重要学术依据和资料来源。

《丛书》的编纂出版，是普及、传播优秀传统文化，推动文化"两创"的新尝试。衷心希望广大读者通过阅读本书，吸收丰富文化营养，多提宝贵修改意见。

编者

2023 年 8 月

导　语

　　东营地处山东北部，内控黄河，外濒渤海，是黄河三角洲中心城市，成立于 1983 年 10 月，辖东营、河口、垦利三区和广饶、利津两县，面积 8257 平方千米，常住人口 220 万人。

　　东营是独具魅力的黄河入海口城市。黄河从青藏高原奔流而下，蜿蜒万里，滋润了华夏文明，塑造出神奇的黄河三角洲，也孕育了入海口城市东营的万千气象，给予这座城市丰厚的馈赠和生生不息的力量。东营有"河海交汇、新生湿地、野生鸟类"三大世界级旅游资源，特别是黄河入海处，河黄海蓝，泾渭分明，形成了具有世界唯一性的"河海交汇"的天下奇观。这里湿地资源丰富，既有新、奇、旷、野的原生态湿地，又有精致、秀美的城市湿地，是首批认定的六个"国际湿地城市"之一。每年有数百万只鸟儿在此迁徙、繁衍、栖息，享有"鸟类国际机场"的美誉。

　　东营气质独特，人文厚重。集古老的黄河文化与现代海洋文明于一身的黄河口文化，既古朴深邃，又与时俱进。石油文化、移民文化、红色文化、兵家文化、吕剧文化等多种文化在这片土地上碰撞交融，充分彰显着黄河口文化天人合一、自强不息、厚德载物、开放包容的精神特质。东营有着八千多年的人居历史，早在新石器时代后李文化时期，就有人类在这里穴地而居、樵采渔猎。大汶口文化、龙山文化、岳石文化时期，人类在这里生产生活、繁衍生息。商周时期，这里盐业繁荣，农牧发达，以渠展之盐、千乘良驹支撑起一方诸侯的经济与军事。东营南部地区古称乐安，为春秋战国时期齐国腹地，是我国古代军事家、兵圣孙武的故里，其所著《孙子兵法》被奉为兵学圣典。秦统一六国，在齐国故地设立郡县，时属齐郡；西汉高祖六年（前201），置千乘郡，南北朝复置千乘县，后改乐安县，概取"四民足用、国乃安乐"之吉祥意。东营西部的利津，在周秦时代属齐国。隋代建永利镇，公元1193年，升永利镇为利津县。因邑内有东津码头，取永利、东津之字得名利津。

以著名的傅家遗址为中心，钟家、西杜疃、南望参、南河崖等先秦文化遗址在境内星罗棋布，那些在地下埋藏数千年的文物，真实地记载了东营地区深邃的历史文化，默默地向人们诉说着东营地区的沧桑。在历史演进中，黄河及大清河、小清河流域积淀了深厚丰富的历史文化，形成了具有鲜明地域特色的河海文化带，这一文化带承载了东夷齐文化、渔盐文化、移民文化、治黄文化等历史文化以及内涵丰富的地域民俗文化，是五千多年来生存在这片热土上的劳动人民以他们的勤劳勇敢和聪明才智创造和积累的文化成就。正是在这漫长的历史积累过程中，形成了东营人民在逆境中奋起的拼搏精神，在困难中坚韧前行的开拓创新精神。

东营区牛庄镇时家村是山东最具代表性的地方戏曲剧种——吕剧的发源地。吕剧从苦难岁月的乞讨中诞生，在国运衰微中历经琢磨，又经昌明盛世的栽培扶持，终于从乡村阡陌走进了辉煌庄严的艺术殿堂，2008年被审定为国家级非物质文化遗产。1925年建立的中共刘集支部，是我国最早的农村党支部之一。刘集村《共产党宣言》纪念馆里，一本仅仅五十六页的薄薄的小册子分外引人瞩目。这本小册子，就是1920年8月中国最早出版的《共产党宣言》，引领着穷苦农民一心跟着共产党，砸碎旧世界，翻身做主人。抗日战争时期的垦区，是山东六大战略区之一清河区党政军机关所在地，鲁北抗战的稳固大后方，为革命战争的胜利做出了重要贡献。追随信仰之光，黄河口人谱写出气壮山河的革命史、艰苦卓绝的创业史、日新月异的发展史。

　　东营因油而生、因油而兴，20世纪50年代，地质部和石油工业部组织专家在华北平原展开石油地质普查和勘探工作。1961年4月16日，华北石油勘探处32120钻井队在广饶县东营村（现属东营区）东北完钻试油的华8井，获日产8.1吨的工业油流。这是华北平原和渤海湾地区石油勘探的重大突破，也是发现胜利油田的重要标志。1962年9月23日，东营凹陷区上的营2井获日产555吨的高产油流，成为当时中国日产油量之最。长期以来，胜利油田给这片苍凉的退海之地带来了勃勃生机，截至2022年底，胜利油田累计生产原油12.93亿吨，约占全国同期陆上原油产量的五分之一，目前保持年稳产2300万吨以上。

美丽的城市，温馨的家园，离不开绿色的滋润与呵护。绿色，已经成为一个城市发展水平、文明程度的标志。从工业时代金戈铁马的创业激情，到生态绿城中人与自然和谐共生，多少年来，东营始终坚守绿色生态发展理念。全市湿地总面积4567平方公里、湿地率达到41.6%，约占全省湿地面积的四分之一，形成了"蓝绿交织、清新明亮，湿地在城中、城在湿地中"的鲜明特色。诞生于黄河口的非遗魅力独具，不管是久负盛名的齐笔，还是巧夺天工的黄河口黑陶、澄泥印，抑或色香味美的利津水煎包、史口烧鸡等，都是会说话的文化使者，一点一滴地诉说着这座城市的前世今生。

近年来，东营认真贯彻落实习近平总书记关于保护、传承、弘扬黄河文化的重要指示要求，扎实推进黄河国家文化公园和文化体验廊道东营段建设，黄河入海口城市独特优势日益彰显。2022年成功举办世界入海口城市合作发展大会，2023年4月成功举办黄河文化论坛，扩大了黄河入海口在全世界的知名度和影响力。

习近平总书记强调，"城市是一个民族文化和情感记忆的载体，历史文化是城市魅力之关键"。对于一座城市来讲，传承历史文脉、彰显人文个性、铸造城市之魂，是面向未来的历史责任，是实现可持续发展的重要基底。古人讲"万物有所生，而独知守其根"，《东营历史文化故事》以文化演进的历史为经，以重大历史事件、重要历史人物及典型性故事为纬，进行梳理整合，共分5个一级目，13个二级目，99个三级目（即99个故事），形成了横排门类、纵述史实、突出特色、引线串珠的框架结构和叙事特点。

　　《东营历史文化故事》以图文并茂的形式，融可读性、知识性、欣赏性于一体。我们希望通过这本书，能够从文化层面助力东营强市建设，将黄河口丰富的旅游资源与优秀传统文化紧密融合，突出地方特点，立足传播普及，实现黄河口文化的创造性转化、创新性发展，并使之成为山东文化廊道上一颗光灿灿的明珠。

　　大河东去，流淌的是滔滔不绝的唯美记忆；文脉连绵，承载的是生生不息的千古乡愁。希望广大读者通过《东营历史文化故事》这本书，更多地了解东营、了解黄河三角洲，也诚挚欢迎各界朋友走进东营，体验文化之美，领略河海神韵，触摸这座古老而全新的湿地之城、石油之城的强力脉动。

目　录

前　言 / 1

导　语 / 1

一、河海长歌　/ 1

（一）史海风云　/ 3

1.食采乐安

一个兵学世家的诞生　/ 3

2.十三篇兵法

从博弈之术开启　/ 5

3.齐桓公筑柏寝台

会盟天下诸侯　/ 7

4.威服三军

田穰苴的治军之道　/ 9

5. 汉武帝巨淀湖农耕

　　尚农恤民要躬行　/ 12

6. 兒宽带经而锄

　　勤奋好学成国栋　/ 13

（二）美丽传说　/ 16

1. 一箭退海

　　齐桓公梦中开疆拓土　/ 16

2. 草桥老槐

　　千年古树的京城之旅　/ 18

3. 龙娃开河

　　百姓心目中的少年英杰　/ 20

4. 铁匠女炉神

　　舍生取义的奇女子　/ 21

5. 智多星邱二斋

　　惩恶扬善的民间怪才　/ 24

6. 神仙沟

　　大海之滨的"世外桃源"　/ 26

7. 龙居的来历

　　赵匡胤打"狼"留美名　/ 28

8. 马跑泉

　　滋润乡民的旱地甘泉　/ 29

（三）英才辈出　/ 31

1. 孙武

　　用兵如神破强楚　/ 31

2. 欧阳八博士

   《尚书》为业传古今　/33

3. 綦公直

   戎马生涯战功赫赫　/35

4. 魏纶

   浑身义胆抚盗寇　/38

5. 成勇

   一生忠勇的骨鲠之臣　/40

6. 李舜臣

   读书若渴的学界楷模　/42

7. 岳镇南

   "发现曾国藩"的一代廉吏　/44

8. 李佐贤

   钻进"钱眼"做学问的鸿儒　/46

9. 鄞云鹤

   从小女佣到大学生　/49

10. 李田英

   "小脚"劳模的传奇人生　/51

二、沧海桑田　/55

（一）文化遗存会说话　/57

1. 营子遗址

   多姿多彩的"化石博物馆"　/57

2. 五村遗址

    大汶口文化时期的陶鼓之声　/ 59

3. 南河崖

    古齐国"渠展之盐"的中心地带　/ 61

4. 傅家遗址

    中国五千年前就有了开颅术　/ 62

5. 乐安古城遗址

    兵圣孙武的故里　/ 65

6. 西殷古城遗址

    古齐国所建的养马城　/ 66

7. 南宋大殿

    千年木结构大殿　/ 68

8. 海北遗址

    桨声渐远的古渡口　/ 71

9. 铁门关

    湮没在黄河泥沙下的关防重镇　/ 73

(二)沿着黄河遇见海　/ 75

1. 黄河口国家公园

    大河与大海的双重馈赠　/ 75

2. 东营市历史博物馆

    打开尘封的记忆　/ 77

3. 黄河文化馆

    一条大河波浪宽　/ 78

4. 渤海垦区革命纪念馆

　　铁血土地的见证　/80

5. 雪莲大剧院

　　二十部自制剧红遍大河南北　/82

6. 胜利油田科技展览中心

　　通向地心的秘境　/84

7. 老街长巷

　　伴你走回慢生活　/86

8. 知青小镇

　　青春奉献黄河口　/87

9. 退役"胜利二号"

　　河海神韵中的自由浪漫　/89

(三) 和谐共生有大美　/91

1. 小雪的故事

　　老李与天鹅的情缘　/91

2. 绿色的眷恋

　　"树妻鹤子"盖凤冉　/94

3. 稻田画

　　为黄河口大地铺锦叠绣　/97

4. 与子偕行

　　为白鹭的家"让路"　/99

5. 向盐碱地要粮

　　论文写在大地上　/101

三、薪火永继 / 103

（一）烽火中淬炼铮铮铁骨 / 105

1. 大火种

   一本《共产党宣言》的传奇 / 105

2. 清水泊战役

   清河抗日烽火初燃 / 107

3. 八大组

   抗战时期清河区党政军机关所在地 / 110

4. 耀南剧团

   烽烟滚滚唱英雄 / 112

5. 清河三杰

   甘洒热血为人民 / 115

6. 二十一天反"扫荡"

   艰苦卓绝的清河区保卫战 / 118

7. 血战三里庄

   为有牺牲多壮志 / 120

8. 义和庄战斗

   开辟垦沾抗日根据地 / 122

9. 商家连

   整连壮士都姓商 / 124

10. 周家连

   族谱流芳的英雄番号 / 127

（二）革命英雄彪炳史册 / 129

1. 刘子久

　　坐穿牢底志不移的铁汉　/ 129

2. 刘良才

　　一腔热血护"宣言"　/ 131

3. 李耘生

　　碧血丹心雨花台　/ 133

4. 李竹如

　　一张大报写春秋　/ 135

5. 延伯真

　　广撒火种为燎原　/ 137

6. 岳拙园

　　以身许党的清河英杰　/ 138

7. 郭景林

　　坚贞不渝的革命妈妈　/ 141

8. 盖希云

　　受到毛主席接见的"爆炸大王"　/ 143

四、胜利华册　/ **145**

（一）牢牢端稳能源"饭碗"　/ 147

1. 石油师

　　莽原纵横中的家国情怀　/ 147

2. 千里寻油苗

　　一位女大学生环渤海的独步探寻　/ 149

3. 第一块油砂

  余秋里部长珍爱的"小宝贝" / 150

4. 油田"基地"

  油城的温情记忆 / 152

5. 九二三厂

  一口功勋井的荣光 / 154

6. 孤东大会战

  激情燃烧的"海油陆采" / 156

7. 战井喷

  壮怀激烈的英雄群雕 / 158

8. 海上采油平台

  碧波里飞出创业的歌 / 160

9. 孤东"一棵树"

  油地双方共有的精神图腾 / 163

(二) 产业报国、攻坚克难 / 165

1. 顾心怿

  走自己的创新之路 / 165

2. 薛梅

  荒原"夫妻井" / 167

3. 吴吉林

  身后留下八十五项发明 / 169

4. 汪卫东

  石油微生物技术的拓荒牛 / 171

5. 唐守忠

　　新时代的"石油鲁班"　/ 173

五、非遗传韵　/ **175**

（一）乡韵炫彩好日子　/ **177**

1. 吕剧

　　土腔里的浓郁乡愁　/ 177

2. 短穗花鼓

　　舞蹈百花园中的奇葩　/ 179

3. 枣木杠子乱弹

　　曲艺中的活化石　/ 181

4. 盐垛斗虎

　　百年传演的凛凛虎威　/ 184

5. 孙斗跑驴

　　妙趣横生的民间舞蹈　/ 186

6. 虎斗牛

　　跌宕起伏的庄户演艺　/ 187

7. 《黄河威鼓》

　　九龙翻身惊风雨　/ 189

（二）精雕细琢老手艺　/ **192**

1. 黑陶

　　黄河口匠人的绕指柔　/ 192

2. 黄河澄泥印

　　黄河红泥醒来的万千气象　/ 194

3. 东王泥陶

　　指尖上的天地人和　／196

4. 麻湾"梅花刀""双王刀"

　　百姓得心应手的好家物　／198

5. 齐笔

　　善遣春温上毫锋　／200

6. 留年旗袍

　　一针一线绣华年　／202

7. 草编火㷭技艺

　　"龙凤呈祥"惊艳世界　／204

（三）唇齿留香好口福　／206

1. 利津水煎包

　　兼得水煮油煎之美妙　／206

2. 黄氏酒坊

　　一天一锅十里香　／209

3. 广饶肴驴肉

　　百年贡味，极品佳肴　／210

4. 龙居丸子

　　翻滚生姿的劲道肉丸　／212

5. 史口烧鸡

　　激活味蕾的香艳美食　／214

参考文献　／217

后　记　／219

一

河海长歌

"君不见黄河之水天上来，奔流到海不复回。"东营北部的黄河口地区，系黄河泥沙新造陆地，仅有百余年历史，但南部和西部是古老的陆地。东营有着八千多年的人居历史，早在新石器时代后李文化时期，就有人类在这里繁衍生息，大汶口文化、龙山文化、岳石文化时期，都有人类在这里生产生活，以渠展之盐、千乘良驹支撑起了"春秋五霸之首"齐桓公的一代霸业。这里曾经留下过齐景公、孙武、管仲、晏婴等人深深的足迹。东营襟河带海、区位独特，伴随着自然变迁，演绎过无数扣人心弦的壮美故事，许多重量级的历史人物，都与这方热土有着深厚的渊源。秦始皇透过这里凝望大海，唐太宗经由这里东征高丽，宋太祖潜居这里为民除害，明成祖迷途这里转危为安，这是一个文脉绵长、盛产好故事的地方。

（一）史海风云

1. 食采乐安
一个兵学世家的诞生

齐景公时，大夫田书因伐莒有功被赐姓孙氏，食采于乐安（今广饶县乐安故城）。田书，就是孙武的祖父，食采也称作"食菜"，是享用封邑租赋的意思。

东营南部的广饶县，许多地方还留存着春秋时期齐国的古老记忆。两千多年前，这里因为紧邻齐国故都临淄，被称为齐国的后花园。荏苒时光带走了故国称霸的酣梦，沧桑旧事大多已湮没于历史的尘埃。但一位兵学先祖的影响力却延续至今。生活在这里的人们相信，正是足下的这片丰饶土地，曾经哺育、陪伴着孙武，于乱世春秋中走过了成长的岁月。

今天，有关孙武是齐人的里籍考证，已经得到了普遍认同，但追根寻源，孙武的先祖，却非齐国的臣民。在诸侯纷争的春秋初期，与强大的齐国相比，陈国不过是一个实力式微的弹丸小国，却内乱频繁。公元前 672 年，孙武的先祖，陈国厉公的儿子陈完（为避姓改为田氏），避乱投奔到齐国。齐桓公对这个到访者的才华贤德早就有所耳闻，便封他为工正，负责管理百工事务。田完上任之后，帮助齐国完成了"工盖天下""工器天下"的争霸目标，受到齐桓公赐封土地的奖赏。田完自此得以在齐地扎根，家世逐渐兴旺起来，最终成为显贵盈门的世袭贵族。家庭成员多权倾朝野，其中不乏一些能征善战、统领三军的英武将军。孙武的曾祖父田桓子、与孙武同为田氏后裔的大司马田穰苴，都曾是齐国著名的将军。

大约公元前552年，一个新生命的诞生，令显赫的田氏家族沉浸于喜悦之中。尽管家人难以预见，这个孩子会有着怎样的人生之路，但希望后代继承将门武业，却是家族成员共同的心愿。他们决定给孩子取名为"武"。武的字形由"止"和"戈"两部分组成。"止"是脚趾的象形，表示行进；"戈"代表兵器。足戈并立，寓意行戈为武。或许，这也寄予着父辈们渴望孙武日后能够立足持戈、笑傲沙场的期盼。然而，一位出生在田家的将门之子，为何会以孙武之名流芳百世？姓氏变更的背后，对一个以戎马倥偬为世代荣耀的家族而言，具有怎样特殊的意义呢？

公元前523年，一个深秋之夜，莒国纪鄣城外的高山峻岭之上，正暗藏杀机。孙武的祖父，也就是田完的第五世孙田书，受齐景公之命，率兵去伐莒国，莒子庚舆逃往纪鄣城。田书派兵勘察了纪鄣城的地势和敌情，发现这座城池居于高岗之上，四周是深沟险壑，城外四面又有重兵把守。田书认为此地不容强占，只能智取。趁着夜幕的降临，混入纪鄣城的齐军从城上放下一根粗绳。化装成莒军的齐兵，依次攀着绳索爬墙而上，不料绳索突然断了。这时，城下的齐兵喊声震天，登城的士兵也嚷成一片，庚舆胆战心惊，慌慌张张打开西城门跑了，齐军占领了纪鄣城。

孙武

田书在这次伐莒之战中成为首功之臣，他的谋略受到齐景公的大加赞许。史书还记载了齐景公表彰田书的两项决定，赐姓孙氏和食采于乐安。在当时，被君王赐姓是最高等级的宗法奖励，这对于一个将门之家，无疑意味着莫大荣耀。于是，田书的家族统一改姓为孙，孙武也自然跟从了父辈的姓氏。齐景公对于田书的另一项奖励，是说君王把乐安作为封地赏给田书，供他作休养生息的食采之邑。乐安，也成了孙武出生、成长的地方。孙武的曾祖父、祖父都是带兵出征的将领，孙武从小耳濡目染，接触到了行军打仗的战略要义，后来著成《孙子兵法》，成为兵家之祖。

2. 十三篇兵法

从博弈之术开启

由于祖辈都在朝中担任武将，孙武自幼便时常听闻一些经典战役，他在家庭熏陶中成长起来。

孙武的祖父和父亲喜欢下棋，孙武就在一旁津津有味地看，并在观摩对弈的过程中，随同推敲投子之策，这也成为他思考计策、运用谋略的一种兵学启蒙。

博弈之道在于，对弈双方仿若两军战场厮杀，更是攻守转换的争夺较量。孙武痴迷对弈，废寝忘食，从棋局中，体悟着兵法的玄机。虚实结合，随"势"而变，无论开局、中盘，还是定势、残局，都可以体现出策略和智慧。在孙武看来，对弈和军事上的运筹帷幄、调兵遣将，有诸多相通之处。

然而，棋盘上的对决，毕竟不过是排兵布阵的模拟，真正的军队操练又会是怎样的情形？历经战乱纷杀的土地，是否会呈现出萧瑟的景象？硝烟弥漫过后，能够映射出怎样的兵学规律？怀揣诸多疑问，孙武踏上了寻游之旅，他期待着遍访齐鲁大地上的古战场，以探求其中的胜败得失。

枪林箭雨的战场拼杀，倒戈卸甲的惨烈悲壮，消逝在光阴的流转中，连天烽火湮灭，雄霸一方的土地峥嵘初露。柏寝台，作为齐桓公会盟诸侯的地方，曾经有着凛凛不可一世的威严。齐景公时代，这里成为金戈铁马骁勇纵横的演兵场。孙武曾至此登临，观阅到布兵排阵的变幻莫测。猎猎旌旗，步步为营，林立戈矛，收缩进退。磅礴之势，令孙武顿然领略到军事的力量，它关系着将士的存亡，决定着战争的成败，也影响着国家的兴衰。

兵法十三篇

"国之大事，在祀与戎。"《左传》中的记述，正是春秋时期"因时辅势""擒敌立胜"的主流思想。祀是祭祀，戎指战争，二者并视为国家大事。惯看兵戎相见，时闻吹角连营，让孙武对国家大事有着独到见解：祭祀不过是种精神的寄托，怎可与军队作战相提并论，唯有关联到国与民生死安危的战争，才是必须引起高度重视的国之大事。

"九合诸侯，一匡天下"，齐桓公率先称霸于中原。他选贤任能、推行改革，使齐国的经济与文化逐渐走向繁盛。

这里是百家争鸣的汇聚之地，诸子思想的百花齐放，也令身处齐地的孙武，有了更多创建、完善兵学理论的契机。尤其是孙武所著兵书，借鉴族人司马穰苴的诸多内容，继承和发展了齐国兵学文化。

《孙子兵法》开启于弈术，熏染于家传，博采于众家，融会贯通，终成一代军事圣典。

3. 齐桓公筑柏寝台

会盟天下诸侯

春秋战国时期，是我国古代军事、思想史上一个空前活跃的时期，群雄并起，风云激荡，或著书立说，或招贤纳士，各个国家都在谋求自我强盛。齐国，就是当时最强盛的国家之一。在各诸侯国中，齐国较早使用铁制工具，发展农业和工商业，利用当地渔盐之利，发展经济，国力日盛。

公元前 685 年，齐桓公即位，一心想称霸诸侯。齐桓公是一位开明君主，他任用管仲为丞相，让他主持国政，对齐国的政治、经济、军事等进行改革。管仲是我国古代杰出的经济学家和改革家。他的经济学思想的主要内容是富民强国。在实践上，他把齐国的海滨边疆（今天的东营市广饶县）划为齐国的"经济特区"，让老百姓煮盐捕鱼，增加收入，积蓄实力。齐桓公先后消灭了谭国和遂国，降伏了宋国，与郑、卫等国修好而孤立鲁国。公元前679年，齐桓公号令诸侯会盟定约，被参加会盟的诸侯推为盟主，成为春秋时代的第一位霸主。

齐桓公之所以能称霸是因为齐国的富强，而齐国的富强，主要得益于濒海的渔盐之利。这一年夏天，齐桓公到海边巡游。从都城临淄出发，乘船沿淄水顺流而下，来到东海（今称渤海）岸边，看到海湾中有一土台，就让船驶近停下，登上土台。齐桓公向海上望去，只见水波浩渺，无边无垠，海风一阵阵送来，令人心旷神怡。"泱泱大海，如此壮观！这里真是观海消夏的好地方啊！"齐桓公赞叹道。他看了看脚下的土台，在苍茫无际的大海中，显得又矮又小，即下令把台筑高筑大。

齐桓公回到都城临淄，仍然想着筑台的事。他让一位大臣专管筑台，调动了成千上万的人力，从临淄城一带运送土方，用了半年的时间才修筑完成。新筑成的大台，巍然矗立，耸入云天。后来，齐桓公又命人在台上用

柏寝台

8

柏木建造了寝室，因此史书上称为"柏寝台"。

柏寝台离齐国都城临淄不过六七十里路程，台东南十里处有青丘。这里水草丰美，树木葱茏，飞禽走兽，和谐共生。据考证，柏寝台原高3丈，方圆10大亩（约40市亩），台上殿宇壮观，松柏苍翠，被人们誉为"天下第一台"。从柏寝台建筑之雄伟，可一窥当年齐桓公"九合诸侯，一匡天下"的霸主雄心。齐桓公在柏寝台上会盟诸侯，祭祀大海，商讨国是，并借此向来访的诸侯、使者展现齐国的强盛和泱泱大国之风。柏寝台后来成了历代齐侯的行宫，所以又名"路寝"。齐景公时对柏寝台进行多次修葺，其建筑更为壮观华美。柏寝台位于广饶县城东北12.5公里的花官乡桓台村南，西距乐安故城4公里，历经千年，如今台上殿宇已荡然无存，然台基犹存。

4. 威服三军

田穰苴的治军之道

田穰苴是春秋后期齐国著名的军事家，他官职最大做到大司马，史称司马穰苴。

田穰苴天生聪颖，酷爱兵法，虽出身卑微却好学不辍。齐景公执政时期，晋国和燕国联合伐齐，晋军攻占了齐国的阿、甄两邑，燕军又打过齐国境内的黄河，齐都临淄岌岌可危。正在齐景公忧心忡忡之时，齐相晏婴向齐景公推荐了田穰苴，说他政治上能使众人归附，军事上能威震敌人。齐景公便召见田穰苴，与他谈论如何用兵，见田穰苴果真如晏婴所说的一样，于是封他为将军，命他带兵抵抗燕、晋军队。

田穰苴成为将军后，采取了一系列治军措施：一是严明军纪，赏罚分明，激励和增强军队的士气；二是身先士卒，英勇无畏，与士兵同甘共苦，士兵无不誓死效命；三是斩杀了齐景公最宠信的奸佞大夫庄贾，在军中树立了威信。

斩杀庄贾最能体现田穰苴的治军之道。田穰苴被任命为将军后觉得自己虽有才能，但毕竟资历浅，难以服众，因此请求齐王派遣一名有威望的大臣作监军，方便管理、调动军队。齐王就派自己的亲信庄贾为监军，协助田穰苴。第二天，田穰苴到军中等待庄贾来商议军情，庄贾本应该在正午时到，结果庄贾傍晚时才到，且喝得醉醺醺的。

田穰苴问庄贾为何来迟了，庄贾仗着自己是齐王宠臣，根本不把田穰苴放在眼里，嚣张地说："亲朋好友知我到前线打仗，前来相送，因此喝醉了酒，来晚了。"田穰苴很生气，说："现在前线形势紧张，国家有难，你作为臣子，不知为君王分忧，还违反军纪，不严惩怎么带兵打仗？"田穰苴问军令官："依照军法，该当何罪？"军令官回答："当斩！"于是田穰苴立斩庄贾，并晓谕全军。齐国的士兵一看，田穰苴连国君的宠臣都敢杀，肃然起敬。自此，田穰苴所带军队，令行禁止，士气高涨。

晋军知道了这种情况，就把军队撤回去了；燕军听说了也北渡黄河撤走了。田穰苴战后班师回齐都临淄，齐景公与诸大夫远远迎到齐都郊外，以大礼相待，并尊称他为大司马。

《晏子春秋》中记载，景公想喝酒，准备到晏婴家，手下人去敲门，晏婴穿戴整齐说不敢与他同饮。于是景公一行便转移到田穰苴家，田穰苴听报，以为又要带兵打仗，身穿铠甲站在门口准备着。由此可以看出，田穰苴不仅整天披甲操戈，居安思危，高度警惕，以防"诸侯起兵、大臣有反叛"，而且依然保持布衣生活，具有良将之风。

在齐国四族之乱的矛盾争斗中，齐景公为削弱田氏家族的势力而采取其他三氏的意见，免除了田穰苴大司马之职。田穰苴被无故免职后，时间不长便抑郁发病而死。

田穰苴在任将军和大司马的十年时间里，精心整理古代兵法，并结合自己的实践经验写成了一些兵法著述。战国齐威王时期，士大夫整理古《司马法》时，将其兵法著述附于其中，编成了《司马穰苴兵法》一书。田穰苴的军事思想对后世影响巨大，唐肃宗时将田穰苴等历史上十位战功卓著的名将供奉于武成王庙内，后世崇为"武庙十哲"。宋徽宗时追尊田穰苴为横山侯，位列"武庙七十二将"。宋朝元丰年间，《司马法》被列入《武经七书》。

田穰苴

5. 汉武帝巨淀湖农耕

尚农恤民要躬行

巨淀湖，古名巨定湖，近现代通称清水泊。西汉时属青州齐郡巨定县地域，明清时属寿光、乐安县地，今处寿光、广饶两市县之间。20 世纪 50 年代，广饶境内清水泊不复存在，寿光境内剩余面积不足一万两千亩。

汉武帝刘彻是位雄才大略的君主。他承袭父亲景帝的休养生息政策，外修兵革，内崇儒学，劝课农桑，礼贤下士，成就了一代霸业。他继位后的前二十年，在丞相公孙弘的辅佐下，国家经济繁荣，社会安定，民富国安。到了后期，由于多年对外征战、肆意挥霍，加之崇尚迷信，沉迷于修道成仙，国库日渐空虚，民不聊生。征和三年（前 90），汉武帝再次对匈奴用兵失败，将军李广利投降匈奴。这次失败对汉武帝触动很大，他对执政以来若干年的施政方针进行了深刻反思，对国力和民生有了更深刻的认识。

征和四年（前 89）春，汉武帝不顾群臣劝谏，东巡求仙，寻万年不老之药，至蓬莱东海，浊浪滔天，乌云四盖，不能出海，武帝仰天长叹："此乃上天不允，天怒人怨。"只得打道回京，所经之地，啼饥号寒，饿殍遍野。当行走到一地时，战马嘶鸣、仰天长啸，任凭鞭抽吆喝，抬腿不前，汉武帝很纳闷，问是何故。大臣说，此地叫巨淀湖，是老丞相公孙弘的故里，大概是老丞相想念皇上，闻知圣驾光临，特意挽留吧。武帝想起继位初期在老丞相辅佐下劝课农桑、休养生息，再想想近年所为，看看沿途状况，非常愧疚，深切地感到只有发展经济、与民生息，才能增强国家实力，才能巩固政权，长治久安。

此时正值阳春三月，试耕之时，于是武帝想在此扶犁起垄，与民同耕。左丞相报："离此不远的洋河店为我皇家驿站，这里民风淳朴，适宜皇上扶犁。"武帝当即选址巨淀湖西畔，与民同耕，并诏告天下，恢复民力，发展农桑，削减税赋。自此，农耕开垦大兴。

后来，在巨淀湖畔大码头、央上一带流传着一首关于汉武帝躬耕的民谣：

二月二，龙抬头，万岁皇帝试金牛。
正宫娘娘来送饭，嫔妃挑担在后头。
王公大臣砸坷垃，国老丞相来牵头。

6. 兒宽带经而锄

勤奋好学成国栋

兒宽，字仲文，西汉千乘人，是西汉武帝时期著名的政治家。兒宽出身贫寒农家，常以打短工养家糊口。兒宽自幼聪明好学，喜欢读书。每当上坡锄地时，他总是把经书挂在锄把上，休息时便认真读诵，细心研究。他数年如一日，坚持研习经书，后人以他的事迹编成"带经而锄"的经典故事，以此来激励贫苦子弟勤奋好学，自强自立。

兒宽学识广博，文思敏捷，闻名乡里，加之性情温良，恭谨谦让，得到世人称道。在郡里选贤中被千乘郡选为博士，并经射策考试做了掌故官（协助太常管理宗庙礼仪）。不久，又上任廷尉文学卒史（廷尉办事官）。当时任廷尉的张汤，主管刑狱，是出了名的酷吏。兒宽为人温良清廉，擅长文史，不肯武断。因此，张汤便认为兒宽乃一介儒生，不适合为廷尉办事，于是派他去北地做管理廷尉府畜养的事。数年间，兒宽勤恳从事，使北地六畜兴旺，畜养的数量也增加了数倍。

在北地管理畜养之事时，有件事对改变兒宽的命运起了关键作用。兒宽在回廷尉府送畜簿时，正遇上廷尉府因疑案奏报不当而受到汉武帝斥责。廷尉张汤为此很伤脑筋，主办奏报的人也甚为恐慌，不知如何是好。兒宽了解情况后便为廷尉代写了一份奏章，竟获得武帝的批复。自此，张汤对兒宽刮目相看，便提升兒宽为廷尉府奏谳掾（主管奏章编写的官），协助张汤按照《今文尚书》中《尧典》《舜典》等古法教义来治理狱讼案件。

汉武帝元狩三年（前 120），兒宽任侍御史，掌管纠察、荐举官吏和专治大狱要案等事宜。武帝召见兒宽，与其谈论经学。兒宽博古通今，学识丰富，在武帝面前引经据典，阐述详尽，颇得武帝嘉评。在回答武帝对《尚书》问难时，兒宽侃侃而谈，远涉三皇五帝之治，近及秦汉兴亡之由，阐述精辟，语多中肯，深得武帝赏识。随之，武帝将其擢升为中大夫，专职朝廷议论之事。不久，又升迁兒宽为左内史，负责治理京城长安所在地区的民政事务。

兒宽在左内史任中，缓刑罚，理讼狱，以儒家道德教化民众，采取措施奖励农耕。他礼贤下士，体察民情，务实做事，不图虚名。为了农民丰衣足食，安居乐业，他亲自下乡调查了解水旱情况。发现境内虽土地肥沃，但因多年干旱，粮食歉收，便提出兴修水利灌溉农田的主张。兒宽上书奏请在郑国渠上游南岸再开七道小

兒宽

渠，用以灌溉郑国渠旁高印之田。又鉴于以往用水时，因上下游争水常酿出祸端之事，制订出切合实际的用水"水令"，保证既及时灌溉又上下相安。兒宽任内，其管辖境域连年丰收，政局安定，经济繁荣，他深得吏民爱戴，清廉之名传于朝野。武帝闻后，对他愈加信任。

武帝曾欲效法古人巡狩封禅，便召集儒生五十余人讨论制定封禅礼仪之事。兒宽认为像这种封禅享荐之事，经书中没有记载，也没有必要让群臣各抒己见，只要顺承天意就可垂万世之基。武帝觉得兒宽说得有道理，便自制了一套礼仪，准备进行封禅事宜。元鼎六年（前111），兒宽升任御史大夫，跟从武帝东巡泰山封禅。举行封禅大典时，兒宽主司封禅礼仪。元封六年（前105），中大夫公孙卿、太史令司马迁等建议改历法，武帝便诏令精通《颛顼历》的兒宽主持修改历法之事。兒宽遂召集司马迁等二十余人，与方士（民间天文学家）邓平等人共同推定出新的历法。新历法于太初元年（前104）颁令实行，故后人称为《太初历》。目前我们依然沿用《太初历》中以一

月作为岁首的计时方法。兒宽还写了不少著作，包括《兒宽》九篇、《兒宽赋》、《封禅颂》等名篇。

（二）美丽传说

1. 一箭退海

齐桓公梦中开疆拓土

公元前 685 年，齐桓公当了齐国的国君，拜管仲为相，君臣同心，励精图治。对齐国内部整顿朝纲，实行军政合一，兵民合一；对外尊王攘夷，降服不臣；经济方面，休养生息，加强国家对手工业的控制和管理，发展盐业，壮大国力。

齐桓公看到柏寝台周围土地碱卤，居民稀少，浪涛像是要把土台一口吞掉一样，心想："这里土地太少了，要是大海离得再远一点就好了，齐国的国土还可以向东北扩大一些。"于是齐桓公以当地的人力为主，组织开展围海造田，并亲自巡查监工。这一天，他又到工地现场巡查一番，感觉有点累了，就在行宫中歇息，恍惚中看到玉皇大帝突然降临到柏寝台上。齐桓公行礼问道："玉帝大驾怎么屈尊到这儿啊？"玉皇大帝说："你当了诸侯霸主，筑起了这么宏伟高大的寝台，建成了富丽壮观的宫室，我在九天之上都看到了。你时常来这一带观海、打猎，有什么感想吗？"

齐桓公说："当初我的先祖姜太公受周文王知遇之恩，辅佐周武王灭殷商而得天下。武王念太公劳苦功高，封齐立国，并赐权力给先祖，东至于海，西至于河，南至穆岭，北至无棣，五侯九伯，均可征伐。现在我继承太公遗愿，协扶周天子，齐国的疆土南、北、西三面都有了扩展，就是东北紧邻大海，无法扩伸，况且海潮侵袭，土地稀薄碱卤，百姓深受其苦。我想让海水后退，增加国土，百姓也好安居生活。"玉皇大帝说："念你体恤百姓之心，寡人与东海龙王商议。"当即招来东海龙王。东海龙王问齐桓公："要海水退下多远？"齐桓公看到射猎的弓箭放在旁边，便说："就退一箭之地吧！"东海龙王心想，箭能射多远，干脆答应他，也送玉帝个人情，就说："行，就让海水退下一箭之地。"齐桓公取过弓箭，在心里默默地祷告："先祖太公，当年您帮武王伐纣，分封诸神，法力无边，今日请您助我一臂之力，以扩齐国疆土。"祈祷完毕，面檗弓，手搭箭，拉弦似满月，就听嗖的一声，那支箭闪着亮光，紧贴着大海飞行而去。箭头走到哪里，哪里海水就退去，变成平坦的土地。东海龙王眼看着那支箭不住地往前飞行，心里想道："上当了！箭再走下去，我这东海不就变成枯海啦，到那时我还算什么东海龙王啊？"于是急忙按下了箭头。这时候铜箭已经飞到离柏寝台一百里的地方。

齐桓公一下子笑醒了，原来刚才做了一个梦。仔细一看，海水真的退远了，柏寝台东北一百里都变成了土地。

据说，东海龙王按下的箭现在还插在黄河入海口呢。

2. 草桥老槐

千年古树的京城之旅

　　故事起源于广饶县花官镇草桥村。草桥村是先秦古乐安城原址，曾是商贾重地和驿道必经之地，古济水绕城而过，将草桥村分为草桥南村和草桥北村。一棵六百余年的古槐树就生长于乐安古城内。

　　关于这棵古槐树当地流传着一个故事，相传有一经商的中年人买卖越做越大，那年把生意做到了北京城。来到北京以后，他虽然有吃有穿，财源茂盛，但是举目无亲，思乡情切。

　　这天，他来到香坊胡同摆开货摊，一老汉来到他跟前。那老汉银白胡子，身板硬朗，身穿灰绿长袍。他不急着买东西，而是对商人左瞅右看，随后高兴地说："这不是乐安老乡吗？"商人一惊，自从来到北京，还没有一个认识我的呢。"你咋知道我是乐安人呢？""你姓杨，我姓槐，同是一块土地上指树为姓的人。""哎呀，在这里碰到个老乡可真不易哩！""可不，乐安居济水之阳，人杰地灵，兵圣故里，可就是闯北京的人太少！"一说起乐安，老汉滔滔不绝，上至几千年，下至几百载说个没完，说得有根有据，丝毫不差。商人说："老乡亲，你家住在什么地方呢？"老汉说："我

草桥古槐

就住在辘轳把胡同，离你家不远呢。"商人一听，光知道高兴了，连货摊也顾不上管，一个劲地说家乡的事。后来，老汉说："你若回家乡帮我照看照看家里，顺便捎这几个元宝回去，过三年我就回家了。"老汉要走了，商人送他东西，他啥也不要，两人争来让去，临走商人硬塞给老汉一条皮腰带。

几个月后，商人回到乐安老家。他没有忘记老汉的嘱托，来到辘轳把胡同，但怎么也找不到槐老汉的家。看他转悠，乡亲们就凑过来问他。他把事情一说，大伙一个劲地摇头，说："这一块一色儿的杨姓，哪来姓槐的呢？"可商人硬说有，说得有枝有叶，最后指着一棵千年古槐要发誓。他这一指，惊醒了一个老乡亲："对了，这千年古槐不就是那槐老汉嘛！"这一提醒，人们如梦方醒，对呀，这棵老槐树已有千年，这两年枝干叶枯，敢情是它进了北京城！商人又想起捎回的那几个元宝，不是传说精灵的钱放到水里不沉底吗？快放水里试试。来到济水一试，果然！一个个偌大的元宝浮在水面上就是不下沉。这一来人们更信了，一齐说："咱这里的老槐树进北京城了。"

商人把那几个元宝埋在树下，了却了一桩心愿。也不知是树下埋了元宝的缘故还是怎的，第三年，千年古槐又枝繁叶茂了。商人送的那条皮带就搭在老槐树上。人们见了都说：古槐又回老家来了。

千余年来，古槐一直生长在这里。有时几年不旺，乐安人就说："老槐又进北京了。"可过不了几年，它又会旺盛起来。

3. 龙娃开河

百姓心目中的少年英杰

"龙娃开河"是小清河流域脍炙人口的神话故事，流传甚广。龙娃开河的传说起源于古乐安石辛镇（今广饶县乐安街道石村），当地百姓靠河吃河，多以捕鱼为生。因当时两岸百姓多依赖时水生存繁衍，因此将时水视若神明。

石村村北五十米，自古流淌着一条时水河，人们更喜欢称它为龙河。此河源于博兴店子东南的天鹅池，小河虽然不大，但蜿蜒曲折，一路向东北流经花园、寨村、范李、石村，从东关村以东二里地，汇入济水古道。有一年的夏天，石村村中有一户龙姓人家，喜得一子，乳名龙娃，据说孩子出生时满屋红光。

龙娃青年时，石村发生干旱，蝗灾大面积发生。龙娃得知这一消息，竟有一股神力从身体中爆发，俯冲到正在吞食庄稼的蝗虫阵里，很快清除了蝗虫。

干旱造成如此之大蝗灾，这促使龙娃下定决心，要找到新的水源。龙娃向着西南方向寻找水源，行走一日，傍晚时分，龙娃发现面前有一片白茫茫的水面，岸边有一块石碑，上刻"天鹅池"三个大字。这时，太白金星显化真身，问他："你是龙的化身，可愿永留人间，开河引水，不再返回天庭和大海？"龙娃答应，随即飞身冲天。只听一声响雷，接着一道闪电，风卷乌云，一条金龙，金翅金鳞，浑身放光冲入池中，呼啸飞腾，带着池水一泻几十里，经过花园，越营子，穿寨村，流向石村，并在村西绕了一个大圈，形成了当时的石村西湖，然后冲开东面湖堤从村北向东五华里，左转注入济水古道。龙娃凭自己的神力，为家乡石村冲开了一条碧水清澈的时水河，整个河道呈一条腾云的龙形。

后来为了纪念龙娃，石村人在修建时水河石桥时，把龙娃的神像雕刻在了石桥的正中心，以纪念这位化身救民的勇敢少年。据说龙娃的母亲在石村生活了很多年，石村人把她尊称为圣母。为了表达对这位教子有方的母亲的尊重，石村人在村北靠近时水河的地方修了一座占地五十亩的老母庙，来供奉这位英雄的母亲。

龙娃开河的神话传说经由小清河上的船夫传播到整个小清河流域。石村小清河码头是清早期至民国时期商人经水路由济南至潍坊沿途贩售粮米油盐必经之路，又是南来客商及赶考学子进京要道，有着深厚的航运文化积淀。近年来，随着小清河复航工程的广泛开展，石村成为小清河流域文化对外展出的窗口，各地旅客云集在此，饱览小清河波澜壮阔景色的同时，也加速了龙娃开河传说的传播。

4. 铁匠女炉神

舍生取义的奇女子

传说高齐时期（550—577），广饶县境内出了一个怪物铁牛，白天它是块铁疙瘩，天黑以后便活了，四处啃食庄稼，一夜之间能把上千亩庄稼啃个精光，使得当地几年颗粒无收，老百姓叫苦不迭。

百姓交不上官粮，县令也被上司训斥，年年被罚俸禄。县令命人把这个铁牛搬到县城，生火将它熔化，但不管炉火多旺，就是熔化不了铁牛。炉火一停，这铁牛就复活，而且吃的庄稼更多。

县令把全县的铁匠召集起来，没白没黑地熔化铁牛。可晚上大家打盹的工夫，铁牛就又跑出去作怪。

于是县令命令铁匠抽签，按抽到的顺序轮流值守，一人七天，期限到了若铁牛熔化不了，就杀头问罪。一个月下来，已经有四位铁匠被砍了脑壳。

李铁匠抽的是第五签，前面四位铁匠砍了头，他很害怕，没白没黑地守在熔炉旁，可铁牛一点变化也没有，李铁匠急得满嘴都是燎泡。

第六天，李铁匠的女儿蕊儿来给父亲送饭。看着父亲唉声叹气，她十分憎恨这只铁牛怪，又对它十分好奇，便悄悄来到炉前窥探。谁知蕊儿左耳朵上戴的耳坠脱落，在铁牛角上碰了一下，掉进了炉火中。蕊儿有些懊恼，耳环是父亲送给她的生日礼物。突然她惊奇地发现耳环碰到的那只铁牛角竟然熔化了。蕊儿兴奋地向爹爹喊道："爹，铁牛角化了！"李铁匠赶紧跑过来，果然铁牛的左角没了！李铁匠很兴奋，只要铁牛开始熔化，相信不到七天就能全部熔掉。

爷俩凑在熔炉旁看着，可过了半天，那只铁牛再也没见熔化一丝。蕊儿心想：莫不是自己的耳环能熔化铁牛？她摘下另一只耳环，扔向铁牛的另一只角。李铁匠正想训斥，却发现，铁牛的角碰到耳环突然熔化了。

"蕊儿，耳环能熔铁牛，赶紧把你娘和你奶奶的耳环都拿来！"李铁匠兴奋地说。蕊儿把娘和奶奶的耳环扔进熔炉，但是铁牛却没有动静。

蕊儿的手不小心碰到炉角上磕破了，血甩到铁牛的背上，铁牛背上立时出现了一个黑点。

难道能熔化铁牛的是自己？想到这里，蕊儿突然狠狠咬了一下手指，手指立即渗出了鲜血。她把血甩到铁牛身上，就听刺啦一声，那血滴的地方，竟然真的出现了一个洞！原来自己真的是熔化铁牛的引子。蕊儿舒了一口气。

李铁匠旋即明白过来，他一把抓住女儿的胳膊，对着女儿喊道："蕊儿，你想干什么？"蕊儿说："爹，你看，女儿就是熔化铁牛的引子。"铁匠含着泪说："爹宁愿死，也不能让我的蕊儿受一丝伤害！""爹，你想想那些还被关着的叔叔、大爷，还有那些挨饿的老人和孩子，女儿一条命换那么多人的命值了！"李木匠含泪看着女儿："蕊儿，你还小，你还小啊！"

"爹，值了！"蕊儿说完，挣脱开父亲的手，跳进了炉中。瞬间铁牛熔化了。

铁牛熔化了，铁匠们被放了，田里的庄稼再也不会被怪物啃食了，但可爱的蕊儿，却再也回不来了。

人们感念蕊儿的舍身救人，尊她为"炉神"，为她修建了炉神庙，将她的塑像供奉在庙内，用香火祭奠。后来，每年的农历三月和十月，都在那里举行盛大的炉神庙会。庙会期间，前来上香、祭祀的人络绎不绝。

5. 智多星邱二斋

惩恶扬善的民间怪才

邱二斋，名邱欀，字澄翠，号二斋，青州府乐安县石辛镇（今东营市广饶县乐安街道石村）人。据《乐安县志》所载，邱二斋生于明崇祯元年（1628），卒于清康熙三十七年（1698），享年七十一岁。邱二斋的逸闻逸事，不仅在本邑而且在齐鲁大地乃至全国可以说是家喻户晓。

石辛镇邻村有一无赖，人称"二赖子"，此人好吃懒做，经常把别人的东西占为己有。

一天，邱二斋骑着毛驴到小清河北岸的草桥村大集上去卖瓜干，半路，正巧碰上二赖子扛着袋大豆去赶集，二赖子想让二斋的毛驴给驮着。

二斋想，这个无赖的大豆来路不一定正，如果他不怀好意，我的瓜干也可能成他的了，我得想个办法教训教训这个无赖，给乡亲们出口气。邱二斋说："我骑毛驴走得快。"二赖说："你先走吧，咱们集上见。"邱二斋骑着毛驴来到无人的地方，把瓜干和大豆倒在了自己带的空袋子里，在原来的两个布袋里侧都写上了自己的名字，然后再把瓜干和大豆分别装回原来的布袋里，赶路去了。

来到草桥村大集上的粮市，邱二斋卸下瓜干和大豆，向邻摊借了秤，称了一下，瓜干 41 斤，大豆 67 斤 3 两。

这时二赖子来到邱二斋的身边，说："你受累了，老邱，我自己卖我的瓜干、大豆就行了，你赶集去吧！"邱二斋气愤地说："你卖什么？这是我的瓜干和大豆。"二赖子说："这明明是我的，就让你的毛驴驮了一下，咋成你的了呢？"两人互不相让，大伙劝解也无济于事。邻摊说："我亲眼看见这个大哥，从毛驴身上卸下来瓜干和大豆，这个人来到这里就说是他的，这不是硬赖吗？这位大哥，你们上县衙评理去吧！我给你做证。"二赖子理直气壮地说："去就去，看谁输官司。"

来到县衙，知县大人听完两人的诉说，也辨不清是非，只好对二赖子说："你知道瓜干和大豆的斤数吗？"二赖子回答不出。县官问邱二斋："你知道吗？"邱二斋说："瓜干41斤，大豆67斤3两，另外布袋里面写着我邱二斋的名字。"衙役拿来秤一称，瓜干和大豆的斤数没错，接着把瓜干和大豆倒出来，翻过两条袋子，里面果然写有"邱二斋"三个字。县官一拍惊堂木喝道："好个无赖，光天化日之下，诬赖他人财物，实在可恶，给我重打三十大板。"

二赖子被打得哭爹喊娘，一瘸一拐地出了县衙，坐在一个大石头上休息。邱二斋跟出来，二赖子气得哆哆嗦嗦地说："好你个姓邱的，想不到你会在袋子里写上名，今天我认栽，咱们走着瞧！"邱二斋想，不给你点颜色看看，你不长记性，于是把大豆朝二赖子坐的地方扔了过去，又忙返回公堂对县官说："大人，大豆被二赖子抢去了，你可要给我做主啊！"县官一听，怒火中烧："来人，把这个无赖抓回来，狠狠地打！"衙役把二赖子抓回来，狠狠地打了一顿，并罚了三两银子，把他赶出了县衙。

邱二斋出了县衙，对被打得皮开肉绽的二赖子说："知道我为什么教训你吗？因为你平日里欺男霸女，坏事做尽，以后好好做人，再敢横行霸道，我还得治你，记住了吗？"

二赖子垂头丧气地说："记……记住了，我可知道你的厉害了！"二赖子哑巴吃黄连有苦说不出，以后再也不敢为非作歹了，邱二斋教训二赖子的故事也流传开来。

6. 神仙沟

大海之滨的"世外桃源"

提起东营仙河镇的神仙沟，东营的百姓都知道。神仙沟是条小河（也是黄河故道），处于黄河尾闾，环绕仙河镇，关于它有许多美丽的传说。

相传晚清同治年间，青州府寿光人张良在黄河入海口一带打鱼。这一日，秋高气爽，艳阳高照，海面上风平浪静，张良一网打上来许多肥硕的鱼虾螃蟹。张良和几个渔民正为收获开心时，海面上突然狂风大作，仿佛海龙王发怒，一瞬间恶浪滔天，电闪雷鸣，暴雨倾盆。张良他们驾的船非常小，民间俗称"小鬼欢喜"。这船像树叶般被风浪抛上浪尖，又砸入浪底。大海怒吼着，咆哮着，翻腾的滔滔巨浪，劈天盖地地向他们打来。他们团结在一起，在海中挣扎着，顽强地拼搏着，同时也虔诚地祈祷。不知过了多久，他们几乎筋疲力尽了，但是没有一个人放弃，也许他们的精神感动了上天和大海，突然有一盏红灯若隐若现地出现在不远处，远方似乎还有欢乐的乐曲传来。他们奋力荡楫，向红灯驶去，向神奇的乐曲发出的地方驶去，但奇怪的是，红灯始终在不远的前方，乐曲一直飘忽在远方。他们奋力地划着，也不知道划出去多远，浪渐渐地小了，风渐渐地停了。

第二天拂晓时分，红灯消失，但余音尚在，张良他们发现小船驶进了一条小河沟。小河水清见底，鱼虾嬉戏，雁鹤翱翔，岸边芦苇荡茫茫无际，柽柳林绵延无边，鲜花盛开，蜂飞蝶舞，鸟叫蝉鸣，清香幽远，好一个神奇的仙境！

后来，他们便给这条沟取名为"神仙沟"，在这里捕鱼，晒网，避风，这里也是他们心灵的圣地。（经海洋专家勘察，神仙沟海域是天然无潮区，是天然的避风港。）每年正月十三，人们都带着供品来这里祭拜海神娘娘。祭拜的人群来到神仙沟与大海交汇的海滩上，放置一排桌子，摆上整齐的香案，陈列祭祀的用品，各种各样的水果、糕点，高大的烛台上插上又粗又高的大红蜡烛。虔诚的渔民们，跪在香案前，双手握着一炷香，三拜九叩，嘴里念念有词，大多是祈求海神娘娘保佑新的一年鱼虾满舱，出海的渔民平安顺利。祭拜仪式结束后，人们会把

神仙沟

27

自己精心制作的各式船灯放入神仙沟，放入大海。霎时间，河面上海面上灯火通明。

7. 龙居的来历

赵匡胤打"狼"留美名

龙居这个千年古镇，以宋太祖赵匡胤在此居住而得名。这里人文历史悠久，文化底蕴深厚，黄河文化和齐文化相映生辉。

相传，这里原来叫郎家村，村里人都姓郎。村里有个杀猪卖肉的，是远近闻名的肉霸。他卖肉只砍一刀，只少不多。不仅如此，据说，外村有个来买肉的老头，被他一刀捅死，不知为何，官府竟也奈何不得。因此人们没有不怕他的，都叫他"狼一刀"。

五代末年，赵匡胤在后周为将，随周世宗东征，从这里路过。一天晚上，人马扎营，赵匡胤带上几个随从，穿上便服，到了郎家村东南角的一个瓜园里，想察访一下当地民情。看瓜老人看到几个人闯进来，吓得要命。赵匡胤走到老人近前，说明是行路到此。老人见他们几个并无恶意，便让进了瓜棚，摘了一些西瓜给他们吃。说话间，赵匡胤闻知郎家村有个"狼一刀"，横行霸道，搅得百姓过不好日子，决心除掉这一恶霸。他们吃过西瓜后，赵匡胤不想再打扰村人，就问："这里有没有庙？"看瓜人说："村北有个庙。"他们告别老人，摸黑到了村北庙中暂住了一夜。

天亮后，正逢郎家大集，赵匡胤派一名随从去买肉，"狼一刀"照样是砍一刀。随从拿肉回来，赵匡胤知道不够斤两，就带着两个随从一起来到郎家肉摊前。赵匡胤上前说："肉不够称。"那"狼一刀"心想，这人胆子不小啊，我从来没碰上回来找的，不治住他以后还怎么在这儿混？想罢，"狼一刀"便破口大骂，拿砍刀扑了上来。赵匡胤一看，这家伙确实是一霸，非除掉不可。于是对随从说："把他拿下！"两个随从都是武林高手，三拳两脚把"狼一刀"打倒在地，捆了起来。这时，赶集的人一下子涌了过来，纷纷喊道："杀了他，杀了他！"赵匡胤挥了挥手，让大家让开条路，两个随从拖着"狼一刀"到了村东头的一个大土台子上。赵匡胤当着众人高声说："我要杀了这个狼心狗肺的东西，为乡亲们除去这一害。"说完，挥刀砍下了"狼一刀"的头。

后来，人们才知道，杀"狼一刀"的就是回去后黄袍加身的赵匡胤。人们为了记住这件事，就把杀"狼一刀"的那个土台子叫作"打狼台"，又把"郎家村"改为"龙居店"（后简称作"龙居"）。赵匡胤留宿一夜的那个庙后来倒塌，只剩庙南台。现如今，那庙台和打狼台遗迹尚存。当地还流传着一段具有警示意义的民谣：

善恶终有报，就等时候到。

您要还不信，请看狼一刀。

8. 马跑泉

滋润乡民的旱地甘泉

20 世纪 50 年代之前，在广饶县北部的王署埠村西北角有一股清泉，泉水甘冽，源源不断，而机井打出的井水咸涩无比，所以附近的村民都到这里取水饮用，外乡人见到这眼泉水也会啧啧称奇。这股清泉被人们俗称为马跑泉。马跑泉是怎么形成的呢？在当地流传着一个神奇的故事。

相传唐贞观年间，唐太宗李世民亲统大军从都城长安出发东征高丽。一日，大军来到千乘县（今广饶县）东部沿海一带，准备从莱州湾乘舟过海。由于这里东临大海，地势平坦，前离先头部队驻地唐头营只有二十里，加之将士们长途跋涉，已是人困马乏，李世民下令扎营休息。将士们扎好营寨，埋锅造饭时，发现此地为退海之地，遍地盐碱，方圆几十里内的地下水既咸又涩，别说人不能喝，就连战马都饮之不下。将士们喝不上水，个个口干舌燥，李世民也焦急万分。

正在这时，李世民的坐骑乌骓马一声长嘶，挣断缰绳狂奔而出，它跑到行营西北方一地后，前蹄嗒嗒嗒不停地刨地，而后后腿直立，前蹄悬空，就在前蹄落地时，巨大的冲击力令一蹄陷于土中。战马嘶鸣，蹄下现出一坑，深不及尺，内有一泉涌出，银珠飞溅，泉水清冽。跟着战马跑过来的兵士俯身一尝，甘甜爽口。顿时，行营里欢声雀跃，士气大振。随后，士兵们做饭的做饭，饮马的饮马，泉水汩汩而出，取之不尽。唐太宗李世民就把此泉命名为"马跑泉"。奇怪的是，坑中的泉水溢满即止，随用随长，无论饮用多少，总是保持满满一坑清水。后来，人们在此处立了村，因为唐太宗的行营曾在此处驻扎过，故取村名"王署埠"。因为周边地带多是咸涩之水，来此泉取水之人越来越多，泉眼也越来越大，但它的形状始终是马蹄形。

后来有人想改变这种形状，把它挖成方形或圆形，但一夜间又形成了一个"马蹄"。

1956年，国家实施打渔张工程，要在这里挖沟建桥，施工队为了不使涌出的泉水影响施工，便用水泥封堵了泉眼，从此再无泉水溢出。马跑泉是否真由唐太宗的坐骑蹄刨而出暂且不论，但此泉的存在是毋庸置疑的，而且滋养了一代代的村民。

（三）英才辈出

1. 孙武

用兵如神破强楚

公元前506年，吴王阖闾拜孙武为大将，整顿兵马，准备进攻楚国。不过，孙武虽然答应做吴国大将，但心里总有点不踏实。因为，他曾斩杀过吴王最喜欢的夏、姜两妃子。这就是历史上有名的"孙子吴宫杀妃教战"故事。吴王拜孙武为大将后，设盛宴庆贺。席间，吴王说："我平生之志，就是要称霸中原，要称霸必须击败楚国。另外，伍大夫一门忠良，为楚平王治国保疆立下汗马功劳。可恨楚平王听谗言，杀了伍大夫父兄，还要斩草除根，追捕伍大夫。可怜伍大夫为了躲避追杀，逃到我们吴国，过韶关时一夜急白了头发，我一定要替伍大夫报仇。"

孙武说："楚国我们是一定要打的。但楚国国力强大，如果贸然出兵，我们很可能会失败。战争关系到国家的兴亡和百姓的生死，需要考虑周全，才能决断。不战而胜才是上策！"

吴王感到奇怪，问："打仗就是两军对阵以决胜负，不战如何决胜负呢？"

孙武说："胜利之道，有四种手段。第一，伐谋，就是事先探明敌人的意图，以求精神上压倒对方，从而获取胜利，此法为上策。第二，伐交，粉碎它的同盟，削弱它的力量，此法为中策。第三，伐兵，武力取胜，属下策。第四，伐城，攻城得胜，是下下策。"

楚王听说吴国要发兵攻打楚国，就开始担心。孙武暗中雇高手神偷送了一把宝剑到楚王宫中，还安排风胡子编造神鬼言行，让楚王认为是神仙送剑帮他打胜吴国，使楚王心高气傲而轻蔑吴国。骄兵必败，孙武没花多少代价，就让楚王迈出了失败的第一步。

孙武还要让楚王迈出失败的第二步、第三步。他密切注

孙武西破强楚

意着楚国的盟友唐、蔡两个小国的动向，寻找离间的机会。当唐、蔡两国和楚国有隔膜时，孙武分别给唐、蔡两国送去千里驹、珍贵的狐皮战袍并书信，拉拢这俩盟国一起投靠吴国，攻打楚国。吴国有五万兵力加唐、蔡两国的五万兵力，吴国得到十万大军。而后又向越国借兵打楚国，越国丞相范蠡猜中吴国心意，不同意借兵打仗，派信使送信称自己国家力量弱，支援粮食五百石表明越国态度。

孙武解除了后顾之忧后，正式誓师伐楚。进入楚国领土后，吴国连战连胜，把楚军打得一败涂地，一直打到楚国的都城。楚王在随身护卫的保护下，好不容易逃离楚国。称霸一时的楚王，落得个悲惨下场。

伐楚胜利后，吴王把第一大功归于孙武。但孙武不愿意做官，回老家隐居去了。他留下一部《孙子兵法》，是举世闻名的军事杰作。

2.欧阳八博士

《尚书》为业传古今

汉代著名经学家欧阳生、兒宽等，对《尚书》等儒学经典的执着研究和积极传承，大大促进了当时社会文化的发展与繁荣，也为后人留下了弥足珍贵的文化遗产。

欧阳生

欧阳生曾因研究《今文尚书》而名扬一时。而且不光他对经学研究有贡献，其后人也因传播与研究《今文尚书》而立名，形成《今文尚书》研究的欧阳学派。欧阳学派先后有八人获得经学博士称号，在汉代实属少见。由《汉书》可知，欧阳生的授业老师是年事已高的秦博士伏生，欧阳生把他从伏生那里学到的《尚书》经义传授给了千乘同乡儿宽，儿宽又受业于孔安国，之后儿宽把从欧阳生、孔安国那里学来的《尚书》学问传授给了欧阳生的儿子欧阳巨，由此欧阳家族世世相传，最终形成欧阳学派。

《尚书》和其他儒家经典一样，经秦始皇"焚书"之后在汉初已濒于失传。汉文帝时，欧阳生成为伏生教授《尚书》的嫡传弟子。伏生所教授的《尚书》是用当时通用的隶书抄录的，属于《今文尚书》。欧阳生研习伏生所授《今文尚书》29篇，为各篇作了详细注解，并结合个人理解著成《欧阳章句》41卷、《欧阳说义》2篇等著述，成为西汉《今文尚书》欧阳学说的开创者。

自欧阳生跟着伏生治《今文尚书》起，至八世孙欧阳歙，因代代相传，均授博士，所以史称"欧阳八博士"。欧阳八博士中有史料记载的除欧阳生外，还有曾孙欧阳高（字子阳）、五世孙欧阳阳（字仲仁）、六世孙欧阳地余（字长宾，欧阳高之孙）、七世孙欧阳政（欧阳地余的小儿子）、八世孙欧阳歙（字王思）。其中，欧阳地余以太子中庶子身份传授太子，后来做了博士并讲于石渠，汉元帝时任侍中，位高受宠，官至少府；欧阳地余的小儿子欧阳政是王莽的讲学大夫；欧阳歙历任河南尹、汝南太守、大司徒等，并于汉光武帝时先封为被阳侯，后更封为夜侯。欧阳学派对后世经学传播也有很大贡献，各代都有门生学习并传播欧阳之学。

但令人遗憾的是，欧阳学派《今文尚书》的著述，到西晋末年就失传了。《隋书·经籍志》经部条有载："及永嘉之乱，欧阳，大、小夏侯《尚书》并亡。""永嘉之乱"是指晋怀帝司马炽永嘉五年（311）匈奴贵族攻陷洛阳城，掳走晋怀帝，杀王公士民三万余人之事。欧阳及大、小夏侯学派的《今文尚书》等各种著述，均毁灭于这场战火。

虽然已过去近两千年，但是站在欧阳八博士墓前（位于今广饶县），似乎依然能感受到浓厚的文化气息和千年前孜孜不倦读书的身影。

3. 綦公直

戎马生涯战功赫赫

綦公直，字世美，今广饶綦许人，是元朝名将之一。他曾为建立和巩固军事帝国立下赫赫战功，深得元世祖忽必烈的赏识。

綦公直自幼聪明刚毅，胆识过人，十七八岁即为县吏，二十岁参加行伍，活动于江浙一带。没几年，晋升为马步诸军镇抚、都弹压，掌管城壁、楼橹、战舰等守御器具。后因病闲居六七年。至元五年（1268），起用为益都劝农官。这期间曾制定种桑养蚕之法，当地百姓多获其利。至元九年（1272），綦公直升为沂、莒、胶、密、宁海五州都城池所千户。至元十年（1273），綦公直奉命赴高丽（今朝鲜）督造战舰，不久封荆南招讨使，领兵三千攻打安进下寨，破宋军。綦公直驻军襄阳。其间，綦公直体谅百姓疾苦，打击豪强，救助贫民，提倡节俭，严惩贪官污吏，注重恢复发展生产，轻徭薄赋，对俘兵降将恩威并施。他还常告诫地方官吏，为官要做到"清、慎、勤"三字，使战乱地区生产得以迅速恢复和发展，不少因战乱离乡背井者，纷纷回乡重建家园。綦公直的声誉也传遍襄阳、荆州、宜昌、樊城一带，许多地方为他竖立了"德政碑"。在他离去后，吉水、赣江等地发生叛乱，元军前去镇压，叛乱者扬言："还我綦招讨使回来，我们便不反抗。"可见綦公直在当地的德恩之重。

至元十二年（1275）的"隆兴大捷"，是綦公直指挥的一场重要战役。元世祖令綦公直率领邓州（今河南邓县）、唐州（今河南唐县）光化汉军及郢（今湖北江陵）复熟券军 9200 人为前锋军，随张弘范南下伐宋。这年冬天，兵至隆兴（今江西南昌），宋军突然出城迎战，綦公直一马当先，大破宋军，追至城下，越过壕沟，攻入城内，斩杀宋军万余人，生俘七百余人，余者皆降。在庆功宴上，綦公直赋诗一首："历来官者与黎民，原是手足一体亲。即以脂膏供我禄，须知痛痒记吾身。今日痛饮一杯酒，但愿化作十分春。"之后，綦公直声名远播，南安、吉、赣一带望风归附，旌旗所指，宋军堡栅六百余所接连不战而归附元军。

綦公直不仅战功卓著，还是一个"移孝作忠"的典范。他被封为昭勇大将军在上都（今内蒙古开平）拜见忽必烈时，向忽必烈陈述自己的父亲年老，请求留下自己的长子綦泰任乐安县尹，代替自己侍奉父亲，还请求忽必烈同意其父在世期间，綦泰不再改任他职，元世祖同意了他的请求，直到其父去世后，才让綦泰改任宁海州知州。至元十八年（1281），元世祖再次召綦公直赴上都，授辅国上将军、都元帅、宣慰使等职，镇守元朝西北重镇别十八里（故城在今新疆吉木萨尔境内）。临行前，綦公直再次向元世祖陈述自己父亲已去世五年了，请求准许自己回到故乡安葬父亲，忽必烈批准了他的请求，并赐给他许多钱财。綦公直回家葬父路经济南时，用忽必烈赐给他的钱财，替乐安全县军民缴纳了酒课税、河泊课税。回家后不进家门，先到祖茔痛哭父亲。又购田四十余亩，扩大祖茔。安葬完父亲后，他又将乐安县本年课税和贫民无力完税外逃所欠税款，以及乐安县承担的盐户的丁税，全部用赐金代为缴纳。綦公直还发放钱物救济贫民，乐安乡民争相歌颂其功德。至元二十三年（1286），诸王海都叛变，入侵綦公直镇守的别十八里。綦公直随丞相伯颜进军洪水山，大败叛军。为彻底消灭叛军，綦公直率军穷追不舍，犯了孤军深入的大忌，海都率叛军回战，援军又不能及时赶到，第五子綦瑗力战而死，綦公直与妻子及次子綦晋俱陷敌军包围

綦公直

中。綦公直战死军中，只有次子綦晋逃脱。綦晋于次年被授予定远大将军、中侍卫亲军副都指挥使等职，后又因功升至昭勇大将军。

綦公直依时顺势，智勇双全，是国家不可多得的栋梁之材。元世祖忽必烈叹息道，安邦定国之臣，要都像綦公直这样就好了。

4. 魏纶

浑身义胆抚盗寇

魏纶，字理之，号东溟，山东利津县人。明代弘治年间出生在一农家，1507年乡试中举，在河北雄县任教谕。魏纶秉性刚直，铁骨铮铮，步入仕途后多有作为。他历经弘治、正德、嘉靖、隆庆四朝，曾任南京刑部主事、贵州清吏司郎中、山西布政司参事、陕西按察司副使等职。这一时期皇帝昏庸，宦官擅权，权奸当政，为官清正之人大都难逃荼毒。魏纶敢于同宠臣抗争，从不向权贵低头，最终竟能全身而退，这在当时可以算得上奇迹。

朝廷考核时，见魏纶政绩非常好，又很快调他去浙江镇守。浙江沿江岛屿多，盗匪猖獗，百姓深受其害。这些盗匪占据着江口的小岛，依仗地势优越，与官军对抗。他们多则数千人，少则几十人，相互之间遥相呼应，遇事一哄而上，十分嚣张。他们常常从江上、山上呼啸而下烧杀抢夺，无恶不作，百姓无不痛恨。前几任官吏多次进剿，但因盗匪眼线耳目众多，布局不恰当，均告失败。时间一长，盗匪气焰更旺，光天化日之下也敢入户抢劫。一到晚上，家家户户早早关门闭户，唯恐躲避不及时。魏绔到任后，经过深入调查，发现盗匪虽然气焰嚣张，但所有生活来源都依赖内地。另外，官军平日缺少训练，战斗力不强，也是对盗匪无能为力的原因之一。综合这些情况，魏绔采取了许多切实可行的措施。在策略上，他针对盗匪的特点，制定了"困盗斩羽，除奸断粮"的措施，对小股盗匪采取招安、围剿相结合的方法，不到半年时间，就将小股的盗匪剪除；与此同时，他训练了一批机警的兵士装扮成商人、小贩分散到沿江各地进行明察暗访，将盗匪安置的眼线和通风报信的奸民统统抓捕；并下令禁止粮食、火药、油料、食盐等出江。这样就截住了盗匪的情报来源和物资供应，使盗匪坐卧不安。

魏绔通过察访，发现沦为盗匪的大多是贫苦的农民、矿工，只有极少数是真正的盗寇。根据这种情况，魏绔决定对这些江盗进行招安，他采取攻心术，写了声讨书讲述利害关系，派人到江盗的大营，找来盗匪首领问话。魏绔对盗匪首领说："你们是不赦之罪，但现在给你们改过自新的机会，把老弱病残送回家中，把精明强干者送到官府来赎罪。"属下官员怕盗匪首领不再回来，纷纷劝魏绔不要放走他，但魏绔没有听从。不久，那个首领带了两千人来归顺。魏绔让他们在校场外安营扎寨。众官员都觉得这样做不妥当。魏绔说："咱们以诚心待他们，他们怎么会有反复呢？"山寇江盗最终被全部招抚之后，魏绔对海关江防进行了集中整治，疏通了商运，使浙江沿海重新出现了千帆竞渡、商贾云集的繁荣局面。

但是，魏绔早就看透了明王朝的腐败，也厌倦了官场的明争暗斗，正当官运通达、仕途得意之时，他毅然辞官回到了家乡。

5. 成勇

一生忠勇的骨鲠之臣

在中国漫长的封建社会中，封建士大夫阶级中出现过不少刚正不阿、舍生取义的清官廉吏。明天启、崇祯年间以清廉著称，以强硬闻名的御史成勇便是其中的一个。

成勇，字仁有，山东乐安（今广饶县）人。他年轻时就以学识和文章闻名乡里，1625 年中进士。许多趋炎附势的新进之士，为了进取，约成勇前往拜见当时正得势的大宦官魏忠贤，他坚意不去。

成勇中进士不久，被授任饶州推官。彼时，大小官吏争相为魏忠贤歌功颂德，而成勇冰心铁骨。一次，皇宫派出宦官到饶州景德镇置办瓷器。他们一到饶州，官员们由知府率领出城迎接，唯独成勇拒不出迎。宦官们趾高气扬，以此为借口威胁知府，众官员纷纷逃离。成勇义愤填膺，挺身而出，命府役将中使及其跟从一起抓起来，各打数十大板，以示惩罚。中使大呼：“有圣旨！”成勇厉声说：“圣旨是让你们采办瓷器，为什么侮辱地方官员，鱼肉百姓呢？”因为此事，魏忠贤等人欲加害成勇，但恰逢天启皇帝短命死去，崇祯继位，魏忠贤及其同党受到惩处，成勇从而避免了一场灾祸。

崇祯年间，成勇先后被任用为开封府和归德府推官，经手大的狱讼数百件，小的数千，每定一案，都反复推敲。他主张不轻易用刑，不能拿人性命换取功名。他任推官期间，生活俭朴，从不滥听一词，不收一瓜一果的贿赂，清刚忠直之名传遍海内。1638年，由于朝中三十多名大臣的推荐，成勇被擢升为南京御史。上任后，他竭诚履行言官的职责，连续上书，指陈政治弊端，提出改进办法。但是，由于明朝末年政治腐败，他的主张都没有实施。

1638年，兵部尚书杨嗣昌被崇祯皇帝起用为礼部尚书兼东阁大学士，独掌军政大权，引起了许多正直官员的强烈反对。许多大臣因反对杨嗣昌遭到迫害。在这种情况下，成勇不顾同僚的劝阻，毅然上书，指陈杨嗣昌执政无力，增税增饷，致使兵连祸结，民不聊生。成勇的上书，触着了当权者的痛处，崇祯皇帝勃然大怒，当即传旨撤去成勇的官职，将其抓捕入狱。

成勇被捕那天，南京的士民汇集江边，国子监的生员们听说成勇被捕，纷纷为他鸣冤叫屈，几乎酿成罢学。他们把成勇比作海瑞。崇祯皇帝置民怨于不顾，命刑官提讯成勇，追诘主使者。面对严酷的刑讯，成勇毫不畏惧，受尽了折磨。直到1641年，杨嗣昌在镇压农民起义中，受到张献忠部的沉重打击，

成勇

连吃败仗，畏罪自杀，成勇才被赦免出狱，贬戍宁波卫。不久，农民起义军攻破北京，崇祯吊死煤山，明王朝宣告灭亡。

清兵入关后，一部分明朝遗老在南京拥立福王朱由崧建立

南明政权，友人邀成勇一同南下，被成勇拒绝。他看清了明王朝彻底败亡的趋势，又不愿意投降清皇，于是出家为僧，隐居昆嵛山著书立说达七年之久。1658年清明节，成勇病逝于家中。他一生著述丰富，有《程易发》《春秋三传释疑》《十三经注疏》《留台疏稿》《消闲录》《蜗庐楼诗》《昆嵛洞语录》等。

6. 李舜臣

读书若渴的学界楷模

李舜臣（1499—1559），字懋钦，一字梦虞，号愚谷，又号未村居士，明青州府乐安县李鹊村（今李鹊镇李鹊村）人，自幼才思敏捷，过目不忘。李舜臣青年时就致力于学，深受乡里推崇。明德十四年（1519）为举人，嘉靖癸未（1523）科会元、殿试二甲第一名进士。历任吏部文选司主事、吏部员外郎、江西省提学佥事、南京国子司业、太仆寺卿（三品）等职。

在吏部任职期间，李舜臣参与了"大礼议之争"。嘉靖三年（1524），嘉靖皇帝违背礼制，下旨追尊自己的父亲兴献王，遭到群臣反对。当时早朝刚结束，在吏部左侍郎何孟春、翰林院修撰杨慎、编修王元正等人的号召下，吏部文选司主事李舜臣便与两百余位朝廷大臣在皇宫左顺门跪地请愿，要求嘉靖皇帝改变旨意。嘉靖皇帝传旨命他们回去，他们坚称一定要得到皇帝的允准才敢回去，从早上一直跪到中午。嘉靖皇帝再次传旨要求他们回去，他们仍然跪在地上不肯起来，嘉靖皇帝就派锦衣卫先抓了几个带头的。于是，杨慎、王元正便敲打宫门大声哭喊，李舜臣等人也都失声痛哭，哭声响震皇宫。嘉靖皇帝更加恼怒，就传令逮捕李舜臣等五品以下的官员下狱拷讯，又将四品以上的官员停职待罪。之后，嘉靖皇帝下令将逮捕的四品以上官员停俸，李舜臣等五品以下官员当廷杖责。此后，李舜臣等反对议礼的官员纷纷缄口，嘉靖皇帝取得"大礼议"的胜利。

李舜臣读书若渴，在当时的学界深受敬重。他精心研究《诗》《书》《礼》《易》等经学典籍，在古文字及音韵、训诂等方面颇有建树，是享誉一时的经学家。嘉靖二十年（1541），李舜臣引病归里，专治学问。他传承汉唐儒学遗风，对古代典籍进行阐释和考证，多有新的发现，新的见解。例如他对《诗经》的研究，继承了东汉郑玄、唐代孔颖达等治《毛诗》的古文经学传统，称自己治《毛诗》的要旨是"约其辞而含情，因其时而辩礼"。他指明了"腐"是个俗体字而不是古文字，使后人不再以讹传讹。李舜臣研究学问连一个字也要辨析清楚，其治学之严谨由此可见一斑。

李舜臣还是享誉一时的文学家，与章丘李中麓、庆阳李空同齐名。其所著诗文，不务华丽，专尚风味，一时被称为名品。李舜臣一生著述颇丰，著有《诗序考》《尚书说》《易卦辱言》《易读外编》《礼经读》《春秋左传考例》《谷梁三例》《左传读》《三经考》《四经读》和《梦虞诗稿》等。其中《愚

李舜臣

谷集》被收入《四库全书》。嘉靖二十五年（1546），由李舜臣编纂的《乐安县志》，在体例、史料考证及编纂方法等方面成为其后明清各县志编纂所遵循的范本。

李舜臣与南京礼部右侍郎崔铣，因同乡之谊而相交甚笃。李舜臣父亲李钺的《李封公墓表》，就是崔铣所撰。文中，崔铣对李舜臣大加赞扬。

李舜臣一生好学不倦,写有与崔铣一起探讨儒学经典的《与崔后渠书》一文，现仍存于世。

7. 岳镇南

"发现曾国藩"的一代廉吏

山东素有"一山一水一圣人"之说，这种说法最早是由东营市利津县北岭村人岳镇南提出来的。岳镇南道光二年（1822）考中进士，历任翰林院编修、监察御史、九江知府等职。

岳镇南在江西任九江知府时，同僚多是江南人。有一年的中秋节，大伙相约一起饮酒赏月。说起风物，江南人颇以为豪，这个说江南多山多水多才子，那个说江南山水甲天下。有人想起岳镇南来自海边荒洼，便调笑说："岳大人山东祖上宝地想必不俗吧？"岳镇南微微一笑说："我们山东并没什么可夸之处，不过一山一水一圣人罢了。"一语压倒众人。

岳镇南的字写得极好，其家乡至今还流传着他练字的趣事。有一年春节，岳镇南一早起床给长辈们拜过年后，就又伏在书案上埋头练字。母亲用大碗盛饺子、小碟盛醋给他放在书案上，岳镇南右手握笔，左手取饺子蘸醋吃饭。吃着吃着，写字也入了神，左手拿了饺子竟随右手一起伸到了砚台里蘸墨，吃了一嘴。

岳镇南

岳镇南的字颇得道光皇帝的赏识。有一年，道光皇帝要在中和殿的两根宫柱上贴楹联。几个书法家连写了几副，他都不太满意。有人便到翰林院找到了岳镇南。岳镇南瞅了瞅高有数丈的宫柱，思索片刻，饱蘸浓墨，笔走游龙，上下联一气呵成。道光皇帝看后，拍手叫绝。

岳镇南做官，以性情耿介、断案公允、办事机敏、清正廉洁出名。他到任九江时，当地强盗横行，世风不淳。他先是严明法纪，将盗首及其党羽全部擒拿、按律治罪，然后又修葺书院，培养人才，教诲民众。任职三年，九江德化大行，百业渐兴。初任直隶按察使时，适逢当地有命案未结。岳镇南到任后，彻夜不眠，详阅案卷，周密调查，很快使案情大白。

岳镇南的家乡至今有"先有岳镇南，后有曾国藩"的说法。曾国藩自幼读书十分用功，因为父亲是剃头匠，去参加乡试时被拒之门外。时任湖南学政的岳镇南得知后，正颜厉色地对差人说："本官为朝廷选拔人才，不论门第高低贵贱，唯才是举，你们把考生挡在门外，是何道理？"曾国藩得以应试，一举中第。

岳镇南在云南任布政使期间，有人求他办事，送去金银财宝。他直言："此民脂民膏，余不忍受也！"对所属官员，一旦发现徇私舞弊者，也立马严惩，在百姓中赢得了好口碑。

岳镇南为官二十余年，跋涉边陲，积劳成疾，仅五十八岁就病逝于云南布政使任上。岳镇南为官清正廉洁，身后无一点遗产，死后历千山万水归葬利津故里，多亏当时的翰林院侍讲曾国藩竭力相助，才得以实现。岳镇南一生身居要职、位高权重，有的人觉得这些职位都是捞取钱财的"肥缺"，他身后不可能什么都没留下。20 世纪 50 年代，一伙人偷偷挖开了他的坟墓，没想到里面只有一支毛笔和两枚印章，用"空空如也"来形容也不为过。

岳镇南曾为云南布政使司正门题写楹联："读圣贤书，所学何事，先正己，后正人，敢云克慎克谨，案牍无留悬藻鉴；为朝廷吏，来致斯民，本实心，行实政，唯愿同忧同乐，恩威并济普芸生。"岳镇南爱好读书与著述，曾有《制艺诗赋》及骈体文等数百卷流行于世。

8. 李佐贤

钻进"钱眼"做学问的鸿儒

钱币，是人类社会出现商品交换以来的主要媒介，是研究历代社会经济发展的重要实物。随着社会进步，古钱币学逐步发展成为一门独立学科。在古钱币研究鉴藏方面，成就最突出者当属清代李佐贤。他编著的《古泉汇》，集我国钱币研究之大成，成为后世研究古钱币学的权威资料。

李佐贤（1807—1876），字仲敏，号竹朋，利津县人，官至福建汀州知府。李佐贤出身官宦家庭，自幼耳濡目染，养成好学上进的习惯，对古钱币、金石、书画有浓厚的兴趣。

李佐贤二十一岁时，应山东乡试，获得第一名。从此，他游学于济南、邹县、滕县、临淄之间，访求古币及有关学问。道光十五年（1835）考中进士，选为庶吉士。三年后参加散馆考试，成绩优良，授翰林院编修，任文渊阁校理、国史馆总纂臣。他阅读抄录了大量的古籍文献。为后来研究古钱币积累了大量的资料。

李佐贤居国史馆九年，一有空闲，就到街市、厂肆浏览购买古籍、文物。那时他经常出入北京的琉璃厂，遇到珍品就节衣缩食，求借亲友，不惜重金购买，因而丰富了收藏，开阔了视野。每得古币，就分类嵌置板上，装套如书，极为珍视。他有时间就揣摩古币，几十年坚持不懈，日积月累，收藏了大量的古币。

咸丰二年（1852）李佐贤辞官归故里，咸丰七年（1851）复居京都，他把主要精力集中在古钱币的整理上。咸丰九年（1859）开始编著《古泉汇》。他治学十分勤奋严谨，每天在简陋的屋子里整理资料，注释文字。他对钱币的资料非常审慎，鲍康在《观古阁丛稿》中写道："竹朋对所载古泉，慎之又慎，仅见拓本，未经审定原泉者不载。"

同治三年（1864），《古泉汇》编辑成书。此书历经三十七年，凝结了李佐贤毕生心血。全书共64卷，17册，集钱币学问于一体，收古钱拓本6000余种，在古钱学研究中为创举。其中不少钱币是旧史籍中没有记载的。《古泉汇》着重记述了钱币的出处、铸造方法、文字变化及流通手段。

同治十二年（1873），李佐贤与鲍康合著《续泉汇》十六卷，补984品。接着又编辑成《观古阁续泉说》，续说三十多篇，记述了钱币收藏研究的情况。

《古泉汇》是我国钱币学史上的一部巨著，是研究古钱学的宝贵资料，历代学者对此都有借鉴和评述。王献唐先生赞《古泉汇》一书为历代之冠。国外钱学家对《古泉汇》也有不少评论。日本甲贺宜正在《东亚钱志》序中说："近来钱币著录，以李氏之《古泉汇》最为翘楚。"

《古泉汇》刊行已百余年，部分手稿存利津县文物管理所，其刻版早已散佚。

李佐贤《古泉汇》手稿

9. 酆云鹤

从小女佣到大学生

1900年，酆云鹤出生于利津县庄科村一个贫苦的农民家庭。七岁那年，因洪水灾害，举家流落到济南，她给有钱人家当了小佣人。后来，孙中山先生领导的资产阶级民主革命推翻了清王朝，开办了新学。在这社会变革的风中，酆云鹤请求小姐每天教她认一个字，结果却遭到小姐的嘲笑。她气愤地跑回家，说什么也要上学读书。妈妈吃惊地看着她说："咱们连饭都吃不上还想上学？"她上学的愿望无法得到满足，为此害了一场重病。后来一位好心的医生送给她一些药，帮她治好了病，妈妈也想办法把她送进了一所免费学堂。

上一年级的时候，她已经是十五岁的大姑娘了。她学习用功，每次考试都是全班第一名，硬是三年学完了六年的课程，以优异的成绩考入济南女子初级师范。第二年，五四运动爆发，她拒绝了家里为她安排好的婚事，报考了北京女子高级师范学校。她在学校里找了一个堆放杂物的破房子，把自己反锁在里边，跟几个要好的同学说："你们就当我坐了监牢，把饭从窗口递给我，不把四年的功课复习好，我就不出去了。"最后她以山东省第一名的好成绩，考入了北京女子高级师范学校。

酆云鹤1927年又考取了官费留学生，到美国俄亥俄州学习化学工程。1928年，她以优异成绩获得硕士学位，1931年获得博士学位，成为美国俄亥俄州大学第一个取得化学博士学位的中国女学生。许多公司和学校愿意高薪聘用她，她都谢绝了，毅然启程回国。回国后，酆云鹤在燕京大学教书。面对日本帝国主义的侵略，她忧心忡忡，决心到德国学习爆炸学，要以草类纤维制造廉价炸药，打击侵略者。1933年，她到了德国，但她要找的犹太教授已经逃离，学习爆炸学的希望落空了。她不得不利用带来的原料转向人造丝的研究。两年后，她成功从草纤维的浆粕中抽出了质地优良的人造丝，成为世界上第一个用草纤维制人造丝的发明人。德国莱比锡大学想授予酆云鹤博士学位来换取她的学术论文，日本想用高价聘请、当总工程师为条件换取她的发明专利，酆云鹤一概拒绝，她果断地说："不卖，我要留给我的祖国！"

1936年，酆云鹤离开德国回到上海，后去南京。

1939年，她在重庆研究"云丝"成功，为解决抗日军民的穿衣问题做出了重大贡献。

酆云鹤

后来，她出席了第一届全国政协会议，将撰写的《发展我国麻类生产的建议》连同各类麻类纤维样品，献给毛主席。在她的研究推动下，1955年，苎麻纺织品迈入高级衣料行列。1981年，酆云鹤荣获国家科委发明奖，1988年病逝于广州。

10. 李田英

"小脚"劳模的传奇人生

1959年10月1日阅兵仪式上，有一位小脚女人英姿飒爽地出现在天安门城楼观礼台上，她就是李田英。

李田英，1921年出生于黑龙江三棵树一渔民家庭。八岁时全家回原籍山东省广饶县，生活困苦不堪。1937年，与三柳树村孙锡魁结婚，来到这个"晴天白茫茫，雨天水汪汪"的盐碱滩。

1938年，广北成立了抗日自卫团。1940年，三柳树村解放，李田英带领大家成立了互助组。这种组织，"春组织，秋垮台，过了年，再重来"，是农业生产互助的最初级形式。 1942年成立了长期互助组。1943年，全村共有7个长期互助组，入组44户，村民吃到了以粮食为主的饭。1944年冬，三柳树村成立党支部。1945年1月，抗日前线增兵，李田英第一个让丈夫参军，本村和邻村青年跟着踊跃报名。从正月十五到十七，三天就有3145人报名参军，这便是广受称颂的"三天三千"，也形成了历史上有名的、党中央通报表扬的"广北大参军"。

面对大参军后农村劳动力短缺的情况，李田英提出"妇女不能只靠男人养活，妇女也能顶大台"的主张，组织九名妇女到闫家沟晒盐，不但帮着村民度过了灾荒年，还购置了农具、车辆和牲畜。后来，她又建立了互助合作组织——大插伙，为推动全国农业合作化事业发展起到先导和示范作用。

1945年6月1日，李田英光荣入党。秋天，成立初级农业生产合作社，就是后来的"李田英农业生产合作社"，这是全国最早的农业生产合作社。

合作社集体劳动，按劳动出勤计工，实行按劳分配，调动了群众的积极性，农业生产突飞猛进。1946年，三柳树村人均分粮1161斤。合作社还在小孤岛等地开荒种地两千余亩，打蒿子油七千余斤，支援前线部队。李田英也被渤海区党委、渤海军区评选为"全国支前模范"。

1945年秋，日军投降后，国民党反动势力对解放区进行破坏，对共产党员暗杀，还乡团在广北地区抓人杀人。

李田英没有害怕和彷徨，她不顾个人安危和敌人的破坏阻挠，组织"秋收小分队"，到远离村庄一百四十公里的大荒洼小孤岛进行抢收，带领队员风餐露宿苦战一个月，将四百多亩大豆全部收获完。

1947年春天，国民党进攻山东，合作社被迫解散。李田英很痛心，她将合作社分为由强到弱的龙、虎、熊三组管理，李田英选了劳弱畜少的"熊组"当组长。她带头拉犁拉耙，几个月吃住在窝棚。天下没有白受的苦，在他们的努力下，当年地瓜获得了大丰收。后来，三个组又重新合作，开荒地、晒盐、捕鱼、割荆条，购买了骡马、车辆、农具等生产资料，集体经济得到发展和壮大。

1951年，李田英农业生产合作社完全实行生产资料公有制，实行按劳分配，男女同工同酬，公开计工。其做法被山东分局总结上报党中央，对推动全国的农业生产合作社发展壮大起到了典型引路作用，也为1953年党中央出台《关于农业生产互助合作的决议》提供了实践支持。

1958 年，李田英又带领劳动大军，向盐碱地进军，引黄灌溉治理盐碱，扩大耕地面积，当年收粮 275 万斤。

1949 年和 1956 年，李田英两次被中央人民政府和国务院授予"全国劳动模范"称号。2009 年 9 月，八十八岁的李田英当选"山东省 100 位为新中国成立、建设做出突出贡献的英雄模范人物"。

二

沧海桑田

"览百川之洪壮兮,莫尚美于黄河。"黄河,出昆仑入东海,九曲跋涉,绵延万里,滋润神州大地,哺育中华儿女,创造灿烂文明。交织着时光的长河,日复一日年复一年地流淌,万物更迭,沧海桑田。黄河文化对黄河三角洲地域的浸润和影响源远流长。据出土文物考证,广饶县的傅家、营子等遗址属于大汶口文化和龙山文化,是中华民族史前文化及黄河文化的主要源流之一,其中很多出土文物具有较强的典型性和代表性。纵跨几千年,横流北中国,一条大河沟通了上上下下的文化和经贸交流,也孕育了黄河口独特的区域文化。在历史上,黄河文化领导了华夏文化的新潮流,代表了远古时期中华民族的先进文化。黄河入海,使流域文化与海岸文化融为一体,开创了经济文化新纪元。

（一）文化遗存会说话

1. 营子遗址
多姿多彩的"化石博物馆"

营子遗址位于今广饶县城西北约 7.5 公里的营子村东南 120 米处。明洪武年间张姓由直隶（今河北省）冀州府枣前县迁于新城县（今桓台县）楼子庄，1646 年又由楼子庄迁于安乐县谋生。当时此地有旧石井数眼，又是古兵营遗址，故取名营子。遗址为一隆起的高地，呈椭圆形，长径为"东北—西南"向，长 469 米，短径为"西北—东南"向，长 337 米，面积约 15 万平方米。据初步钻探调查，遗址堆积层较厚，约为 1.5—3.5 米。

1982 年，对该遗址进行了一次局部发掘，出土的石质工具种类繁多，制作精湛。采集到的标本有龙山、岳石文化时期的蚌刀、蚌镰、骨锥、石铲、石斧、石镰、石凿、单孔石刀、双孔石刀、方孔石器、黑陶杯、纺轮、白陶器、鬶等，文化遗存极为丰富。方孔石器为本地区所仅见，地方特色浓郁。陶制品分泥质陶和夹砂陶两类，以红陶为主，灰陶次之，制作方法多为轮制，亦有部分手制。另外，还出土了商周时期的红色和灰色夹砂陶鬲、灰陶豆把、粗绳纹灰陶罐等。

龙山文化因 1928 年发现于山东章丘龙山镇城子崖遗址而得名，距今约 4600—4000 年之间，下限已进入我国古史上所记载的夏王朝。在社会性质上，氏族制度已瓦解，阶级社会已出现，一夫一妻制已确立。早期研究发现，其文化面貌以黑色陶器和磨光石器为主要特征，因而又被称为"黑陶文化"。岳石文化因 1959 年发现于山东平度大泽山东岳石村而得名，距今约 3900—3500 年左右，下限可延至商代前期，属于城邦国家发展时期。考古证实岳石文化是东夷族所创造的一种古老文化，为研究龙山文化的去向和夏、商历史提供了重要的资料。

从营子遗址出土的文物来看，其上层都有龙山文化时期的遗存，这说明大汶口文化后期已逐渐被龙山文化所代替。在龙山文化时期，这一地域的人口与村落已得到明显发展，早期的古城邦国正在形成。从出土的石铲、石斧、石镰、石凿、双孔石刀等种类繁多、工艺精湛的石质生产工具看，当时该地的生产发展状况大致是：在渔猎经济进一步发展的同时，原始农业也得到了较大发展。

石铲（龙山文化）
长17.2厘米，宽8.7厘米，厚1.7厘米

方孔石器（岳石文化）
长23.9厘米
宽10.7厘米
厚1.8厘米

方孔石器（岳石文化）
长24.5厘米
宽13.3厘米
厚2.1厘米

双孔石刀（岳石文化）
长10厘米，宽6.3厘米，厚0.7厘米

营子遗址出土的龙山和岳石文化时期的石制工具

祖先的智慧，让我们的文化历久弥新，成为世界上无比厚重的资源宝库。营子遗址对研究鲁北地区龙山文化的分布及特点具有重要的科学价值。

2. 五村遗址

大汶口文化时期的陶鼓之声

五村遗址，位于广饶县东城区中心地带，俗称普救寺，东距淄河 4.8 公里，是一处以原始社会大汶口文化为主要文化内涵的古文化遗址。大汶口文化，因 1959 年首次发现于山东省泰安县大汶口的新石器时代中晚期文化遗址而得名，其所处年代距今约 6400—4300 年之间。从社会发展形态上看，大汶口文化前后经历了母系氏族、母系氏族向父系氏族过渡、氏族制度解体及部落社会向"国家"形态转化等几个不同发展阶段，属于古史传说中的少昊时代。大汶口文化贫富分化逐渐明显，一夫一妻家庭出现，私有制基本确立。

五村遗址为一略呈"东北—西南"走向的土状埠台形堆积，中心部位的大汶口文化遗址堆积层厚度达两米，东西约 370 米，南北约 600 米，总面积约 23 万平方米。遗址中部和西北部在 20 世纪 80 年代因平整土地和农家用土

五村遗址出土的陶鼓

59

削去近 1.2 米，破坏严重，周围为浅平洼地。

1985年秋，为配合齐鲁石化总公司三十万吨乙烯工程建设，山东省文物考古研究所和广饶县博物馆联合组织发掘工作队对遗址进行了系统钻探与试掘，至 1986 年 6 月结束，开探方（沟）36 个（条），发掘面积 700 余平方米，共清理大汶口文化、周代、汉代等时期灰坑（沟）580 余个（条），居住址、烧土面（坑）等 10 余处，大汶口至汉代墓葬 106 座，共出土玉石器、骨器、蚌器、陶器、铜器等文物 160 余件，不可修复的陶器标本一大宗。出土陶器以夹砂为主，泥质陶次之。泥质陶一般未经陶洗，少有含零星沙粒、岩屑者，器表都打磨光滑。陶色以红为主，多数都上红陶衣。器型主要有鼎、豆、罐、壶、钵、盆、鬶、盉、鼓等，有极少陶质玩具和装饰品。其中大汶口文化时期的陶鼓是目前我国发现最早的陶鼓之一。五村遗址彩陶比较发达，有少量彩绘，均主要施于豆、鼎、壶、罐等类器物上。色彩有红、深赭、白等。口沿、足部多施赭彩，肩腹部多施红彩。复彩图案常见于鼎、壶、罐、钵等，多火红彩为底，赭彩漫涂，红白彩勾点。主要纹饰为网纹、涡纹、平行线、几何图案等。有把手的器物比较多见，有罐、鼎、杯等。制法主要是手制，以泥条盘筑最常见，个别小件器物或器物附件为捏塑。口沿、肩、腹慢轮修整也是常有的现象。豆盘及豆柄的接合多为粘贴，鼎足接合多数是粘贴。个别的有契卯式接合。遗址上部有商、周、秦、汉时期的堆积，出土铜剑、铜镞、陶鬲、陶鼎、陶盘等。其中战国黑陶盘制作精美，系轮制磨光、压磨图案，代表了当时较高的制陶工艺。2013 年 3 月 5 日，该遗址被国务院公布为第七批全国重点文物保护单位。

3. 南河崖

古齐国"渠展之盐"的中心地带

南河崖遗址位于今东营市广北农场一分场南河崖村周围，东距渤海 22 公里，南侧有一道古贝壳堤，小清河从遗址群南部穿过。遗址面积约 4 平方公里，由 60 多个遗址点组成。

遗址于 2008 年进行过局部发掘，发现商周时期卤水沟 1 条，刮卤滩场 1 处，淋卤坑 17 个，灶 3 座。这些遗存从东向西依次分布，展现出完整的煮盐技术流程，大致为：一是种盐，二是淋卤，三是煎卤结晶，四是取盐。发现 5 处房址，结构比较简单。出土有陶鬲、簋、罐、骨锥、盔形器等用品和大量文蛤、丽蚌、螃蟹以及少量谷子、黄米等食物遗存，专家断定这些房屋应是当时煮盐工人居住和劳作用的。出土战国至西汉时期的墓葬 11 座，随葬品比较丰富，主要包括铜熏炉、玉璧、玉塞、玉含、漆镜盒及陶罐、陶壶、盔形器等，同时还发现多具动物骨架。从当时山东北部的整体经济发展格局分析，这些墓葬的主人应与管理制盐的盐官或从事贩盐的盐商有关。

先秦沿海地区的制盐遗存，其考古意义重大，受到学术界高度重视。南河崖遗址的学术意义主要体现在三个方面：第一，中国古代的海盐生产历史悠久，留下的盐业遗址很多，但过去一直没有科学发掘。本次发掘是中国古代制盐遗址的首次科学发掘，发现了大批西周时期制盐遗存，这些遗存能够组成一

个完整的煮盐技术流程。通过查阅古代文献记载，这一流程与明代《天工开物》记载的淋煎法制盐技术流程大致相符。过去文献记载的淋煎法制盐只能追溯到宋代和

南河崖遗址发掘现场

元代，这次发掘则以明确的考古实物证明，淋煎法制盐在西周中晚期就已经出现，这对研究淋煎法的起源和中国古代制盐技术的发展演变，都具有十分重要的学术意义。第二，这次发现的战国至西汉墓葬很重要，墓主身份与海盐生产有关，从而用考古实物印证了《史记》《汉书》等对古代渤海之滨古齐地面上海盐生产的有关记载，对研究齐国走向强盛的历史及强盛的原因具有重要学术价值。第三，这些商周煮盐遗存和战国与西汉时期的墓葬，是山东北部地区最靠近现代海岸线的考古发现，这在很大程度上破除了"这里只有几百年历史，是近代退海之地"的认识，使该地区尤其是今东营市域内许多地方的历史与文化向前推进了两千多年，同时对研究黄河在这里的流路变更与古代海岸线的进退变迁等也具有非常重要的学术价值。

4. 傅家遗址

中国五千年前就有了开颅术

广饶县有着悠久的历史，早在八千多年以前，这里就有人

类繁衍生息，创造了黄河下游的古代文明。震惊中国考古界和医学界的经历过开颅术的头骨，就出土于这里的傅家遗址。

　　傅家遗址位于广饶县城南 1.5 公里处，是一处新石器时代大汶口文化时期的遗址，距今已有五千多年。它的文化面貌同鲁南地区的大汶口文化有明显区别，它的发现与发掘，为深入探讨黄河下游地区的古代文明提供了十分宝贵的实物资料。2001 年，中国社会科学院考古研究所研究员韩康信先生在整理傅家大汶口文化遗址人骨标本时发现，在墓主人头骨右后侧头顶部位有一个大小约 31 毫米 × 25 毫米的近圆形缺损，凭借多年的工作经验，他推测墓主人在生前可能经历过开颅手术。

　　为了弄清这个头骨的种种谜团，山东省文物考古研究所邀请了国内考古学、人类学、医学界知名专家对墓主人头骨进行鉴定，专家发现墓主人头骨的圆洞周围有明显的人工刮削痕迹，这一点排除了先天性发育不健全或被利器所伤等原因；缺损周围的断面呈光滑均匀的圆弧状，应该是墓主人做完手术后长时间存活、骨组织自然生长修

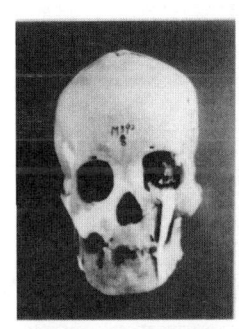
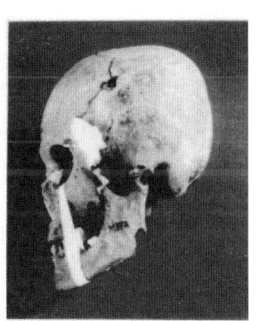
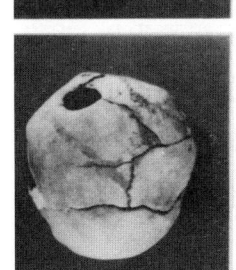
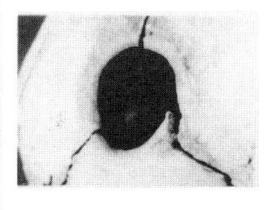

傅家遗址 M392 号墓出土的人头骨

复的结果。山东大学齐鲁医院的博士生导师鲍修风先生对这个古人头骨进行了 CT 切片和螺旋扫描实验，原来一切秘密都在这个圆洞的边缘。让我们首先了解一下头骨的具体结构：头骨在手术切开后，断面呈现三层，它的内表面和外表面都是骨质致密的骨板，称为内板和外板，中间蜂窝状的结构叫板障。在 CT 切片上，这位古人的头骨内板和外板已经完全将板障包裹起来，也就是说鲜活的骨细胞曾促使内板和外板不断向前生长，并将板障包裹住，使得被破坏的头骨创面得以愈合。

据考证，在大汶口文化时期，先民们已经掌握了用兽骨、鱼刺、燧石刀等工具在人体上进行去除异物、开放脓肿及开颅术等外科手术的技能。专家发现，在目前出土的大汶口文化时期的遗物中，有不同型号的骨针，骨针上留有钻孔，这证实先民们会用骨针缝制兽皮，说明当时也具备了手术后缝合的条件。

远古开颅手术也并非这一例，在我国青海省民和县阳山墓地发现的开颅头骨，据考证有四千年的历史，而在广饶傅家遗址发现的这个开颅头骨距今已有五千多年的历史，是目前所见最早的开颅手术成功实例。这一发现修改了我国的医学史，把我国开颅手术的时间提前了至少一千年。

其实一直以来我们不断通过科学手段来认识我们的祖先，认识消失的文明和过往的智慧，但是仍旧还有许许多多的未解之谜和惊人发现，这些无不在告诉我们，远古文明或许比人类想象的更加发达。

5. 乐安古城遗址

兵圣孙武的故里

广饶县花官乡草桥村看上去与其他的平原村庄没有什么区别，都是一排排的房舍，一家家的院落，人们在这里过着世代农耕的生活。但它可不是一个一般意义上的乡村。

两千多年前，它曾经富甲一方，远近闻名，也算是四通八达的城池要塞。这里人杰地灵，影响春秋战国格局乃至世界军事史的一位大人物，就出生在这座小城里，他就是孙武。斗转星移，人事变迁，昔日的古乐安城被岁月的霜尘掩埋，成为黄土之下的遗迹。有一年，草桥村的一户农民要为自己即将娶媳妇的儿子盖新房，在挖地基的时候，发现地下的一层浅黄色淤土，还有一些草灰一样的东西和一些泥质陶片。村里的一位老师知道情况后，马上联想到，这里会不会就是传说中的那座消失的古城呢？因为草桥村的外围，至今还存有一条长10余米、宽2米、高1米的残垣断壁，村人世代传说，这是古乐安城遗址。他把这个消息报告了县博物馆，后来经过专家挖掘和考证，证实传说所言非虚。古乐安南距广饶县城12.5公里，古济水由西南而东北流至城址西南又折向东流。古济水，也就是现在的小清河，《山海经·海内东经》曾这样描述：济水出共山东南丘，绝钜鹿泽，注渤海，入齐琅槐东北。经过考古挖掘考证古城址东西长400米，南北宽350米，古乐安城最晚始建于春秋末期，城墙系人工土筑，底宽约25米，城壕宽约18米。在古城西南部，有一南北走向的土岭，当地群众称为"官乾"，是古代通

乐安古城遗址发掘现场（刘桂芹摄）

往乐安城的官方土筑车马台道。

两千多年前，大约在公元前517年，在日出东方的时候，十八岁的孙武身着宽衣长袍，头缠粗布包巾，就在村口的老榆树下，告别了父母。他沿着这条车马官道，告别齐国，长途跋涉，投奔吴国而去。孙武一生的功勋在吴国展开，死后也葬在吴国，因此《吴越春秋·阖闾内传》中把孙武称为"吴人"。孙武虽没有直接参加吴国攻齐取胜、与晋争霸的两大事业，但在此前孙武精心训练军队和制定军事谋略，对吴王夫差建立霸业有着不可抹杀的巨大贡献，而且留下了一部光耀后世的军事巨著——《孙子兵法》。另外，在兴修水利、挑沟挖河时，这里还出土过石器、陶器、铜器、砖瓦和古树木等文物。所以，东营是中华古文明的发祥地之一，这个说法一点也不为过。

6. 西殷古城遗址

古齐国所建的养马城

今广饶县广饶镇西殷村附近有一处古城遗址，考古界名之"西殷古城遗址"。从考古调查、出土器物、民间传说及相关史料推断，遗址当为春秋战国时期齐国所建的养马城，所以有学者也称遗址为"西殷养马城遗址"。

遗址东南方向距广饶县城约 10 公里，东北方向距柏寝台约 15 公里。遗址地势较高，呈台状，东西长约 1500 米，南北宽约 1000 米，总面积约 150 万平方米。1980 年和 1987 年考古人员对其进行过两次钻探调查，发现城东南角尚存夯土所筑残垣一段，其夯层明显，夯面坚硬，为黄褐色土质，每层厚约 15 厘米。城址内出土有铜镞、矛等兵器与瓦当、盔形器、灰陶器物残片等文物多种。另外，古城遗址附近还有一南北方向的大沟、东西方向的古河道以及方圆几里的天鹅池，这与传说中的养马城护城河、饮马池等地理形貌也极相吻合。

春秋战国时期，拥有马匹与战车的多寡，往往成为一个国家国力强弱的标志。齐国无论桓公称霸时期还是景公复兴时期，都十分重视发展以畜养军马为主的畜牧业，所以拥有军马与战车的数量在诸侯国中是首屈一指的。《元和郡县志》和《太平寰宇记》等古籍都有"齐景公有马千驷，略于青丘"的记载，可见当时齐国养马业的规模之大。齐国养马业的迅速发展，得益于北鄙滨海有大片草地牧场。在远离都城的牧场附近建造具有一定规模的养马城，供官员管理、巡察之用，就应是必然的事情。据史料记载，养马城建成之后，每年春秋两季，齐侯都要率领卿、臣、士大夫到养马城备马田猎。每逢战争，齐侯也要派人到养马城备马应战。甚至连齐侯逝世，王室也要到养马城去备马殉葬。齐国养马城的修建，从一个侧面见证了齐国在滨海发展畜牧业尤其是军马业的盛况。

齐国不仅注重利用滨海的自然条件发展军马业，而且还十分重视开发和利用滨海盐业资源。齐国把制盐业当作国家重要经济命脉，靠滨海"渠展之盐"获得了经济上的快速发展，为军事上的强大和"九合诸侯，一匡天下"政治局面的形成，打下了坚实的物质基础。因此，齐国在滨海发展畜牧业，发展制盐业，使"两业"成为富国强兵的经济支柱，都是充分利用本国自然地理条件的明智之举。当然，在齐国发展"两业"实践中，东营先民所做的历史贡献和形成的文化传统也是值得后人铭记的。

7. 南宋大殿

千年木结构大殿

桃园三结义、夜读《春秋》、千里走单骑、刮骨疗毒……关羽的忠义故事，一直为百姓传颂，关羽更是被尊为"关公"。历代帝王对关公多有褒封，其封号"侯而王，王而帝，帝而圣，圣而天"。不同时代，各地都建有关帝庙。广饶县的关帝庙大殿，是保存完整的宋代木构古建筑，1996 年 11 月被国务院公布为全国重点文物保护单位。

关于关帝庙大殿的始建年代，文献资料中没有确切记载。1935 年《续修广饶县志》和 1995 年《广饶县志》均有金代千乘县（即今广饶县）县城南迁时"庙随城迁"和大殿原称"义勇武安王灵英殿"的记载。这说明，在金兵攻占千乘县之前，"义勇武安王灵英殿"就已经存在了。从关羽在宋代所获封号的情况看，被封为"义勇武安王"的时间是北宋宣和五年（1123）。因为完颜宗弼是在金天会六年（1128）正月率兵攻下青州后不久便占领千乘县的，所以"义勇武安王灵英殿"的始建时间应在北宋宣和五年与靖康二年（1127）之间。

因战争的破坏，当时的千乘县旧城几乎尽毁，所以金朝统治者后来决定把千乘县城向南迁移重建（迁至今广饶县城附近）。因金朝政权在信佛尊佛的同时，对中原地区传统的儒家思想和道教观念也是尊崇的，所以千乘县原城中的"义勇武安王灵英殿"有幸在战火中得以保存下来。在战争结束后，金朝政权决定把千乘县城向南迁移重建时，也决定将"义勇武安王灵英殿"随迁至新址。当年重建时，是将"义勇武安王灵英殿"的主要构件拆下在新址上按北宋时期的营造法式再建的。所以，新殿虽再建于金代，但其构件和法式却是原来的，因而它从整体上较为完整地保持了北宋时期大殿的原貌。

1997 年和 2012 年，国家文物部门拨专款对大殿进行了两次落架维修，更换了部分糟朽和断裂的木构件。该庙正殿虽经历代维修，但平面布局、大木构架、科等基本保持了初建的风貌，其结构方式、构件尺度、用材比例等具有明显的宋代建筑特征。大殿前后的配套建筑自明代开始增建，至清道光年间发展成鲁北最大的关帝庙，香火极盛。清末至民国初，大殿前后的配套建筑因失修几近废毁，香火减弱。我国较早的木构建筑几乎都遭雷击或人为火毁，而大殿自南宋至今未遭损毁，实为一大奇迹，为研究我国古代木构建筑提供了极其重要的实物资料。宋代是一个文雅的时代，其思想感情已由唐代的热烈奔放

南宋大殿正面

而渐渐变得收敛，社会基调宁静而沉滤。宋代的建筑风格也深深地烙上了宋型文化的痕迹。

该殿历代名称，均按道教对关羽的尊称和帝王的赐封而来。历史上，可能受战乱或其他原因影响，该庙一度荒落，祈者寥寥。1498年新铸关羽铜像后香火渐盛，这也是全国崇拜关羽逐渐盛行时期，各地新建关帝庙不计其数。至清代，随着对关羽的崇拜加深，该殿院落已拓地四十余亩，扩增不少配套建筑，规模日臻宏大。每年农历五月二十八庙会期间，连唱三天大戏，方圆百余里的赶会人将关帝庙门外一条宽5米多、长500米的街道塞得水泄不通。抗日战争时期，日寇的入侵给关帝庙带来了灾难，正殿成为日军的指挥部，关羽铜像被日寇掠往青岛，之后下落不明。

1986年，中共广饶县委党校迁出大殿院落，广饶县博物馆迁进。1991年广饶县人民政府筹集资金两百万元，聘请清华大学建筑设计院专家设计，在大殿院内建造了仿宋式配套建筑群。在大殿前中轴线上依次建有大门、二门，把院子分成前、后、西三个院落。2004年，广饶县又投资重建三义堂、春秋楼和北门，并在后院东西两侧建石刻碑廊，使关帝庙基本恢复了明清时的建筑格局，成为山东省十大古建筑群之一。

8. 海北遗址
桨声渐远的古渡口

海北遗址位于垦利区胜坨镇海北村北部，遗址东西长 390 米，南北宽 225 米，面积 87000 平方米。2006 年 4 月发现并进行了一次抢救性挖掘，出土文物品相好、窑口多、数量大、种类齐全，分别为瓷器、陶器、古钱币、砖、瓦、动物骨骼、贝类等。出土遗迹有大面积夯土层、建筑物根脚、炉灶灰坑、瓦片堆积层等。山东省文物考古研究所参与了遗址的勘探和发掘，出土的瓷器标本，档次高、窑口多，实属罕见，特别是在东营沿海地区属首次。它的发现为研究黄河口地区的历史发展和文化渊源提供了非常重要的实物依据。2006 年 4 月 30 日山东省文化厅签发鲁文物 [2006] 40 号文件《关于垦利胜坨镇海北村宋元遗址保护的意见》，强调该遗址的发现对研究古代地理、海岸变迁、水文地质、航运及商业发展等都具有重要意义，建议对该遗址进行妥善保护。鉴于该遗址的特殊性和重要性，2006 年 6 月北京大学权奎山教授前来对遗址出土的标本进行了鉴定，并到遗址现场进行实地考察，认为遗址所出土的瓷器标本品种多，内容丰富，其时代为宋元时期，以北宋和金代的数量为多，有不少标本为当时名窑烧造，如河北定窑、河南青瓷窑、江西景德镇、河北磁州窑等。这批瓷片资料对研究垦利地区的历史有着非常重要的学术价值。综合出土情况，专家组判断该遗址为宋金时期的码头遗址。该遗址的发现对于宋金北方海陆交通研究具有重要意义。专家组推测，从某一方面来说，除传统意义上的登州、莱州外，垦利地区是宋金时期海上"丝绸之路"的一个连接点。

2006年10月又对其中的部分区域进行了抢救性挖掘，出土了大量陶瓷器、砖瓦、古钱币等建筑构件和生产生活用品。其中瓷器标本窑口多、数量多、成系统、时代特征鲜明。

海北遗址出土文物

海北遗址为研究黄河口地区的人居历史、文化渊源和古代地理、海岸变迁、水文地质、航运及商业发展提供了重要依据。2011年，该遗址被纳入省级大遗址保护名单；入选全国第三次文物普查"百大新发现"，2013年10月10日被山东省政府公布为第四批省级文物保护单位。

2015年3月27日，国家文物局召开了海上丝绸之路保护和申报世界文化遗产工作会议，正式启动了海上丝绸之路保护和申遗工作。同年4月9日，山东省文物局下发了《关于报送海上丝绸之路保护和申遗遗产点储备清单的通知》，海北遗址作为海上丝绸之路保护和申遗遗产点进行了申报，目前已被山东省文物局列为备选点，并开展了进一步的宣传、论证工作。

9. 铁门关

湮没在黄河泥沙下的关防重镇

"先有铁门关，后有利津城。"这是在东营市利津县广为流传的说法，相关史料也曾记载，铁门关自金代时就已设立。尽管位于利津县汀罗镇前关村的铁门关遗址早已被列为省级文物保护单位，但由于黄河多次泛滥，关于遗址内古城的记忆也被裹挟到了地下。

《利津县志·古迹》中记载，铁门关在县城北七十里的丰国镇，金朝时就设立了，明代设千户所，有土城遗址。由于地理位置的特殊，铁门关一度成为重要关口。金代初期，前关村一带濒临渤海，地处大清河入海口，附近并有数条宽深不等的自然海沟，是船只停泊的理想之处。随着渤海南岸盐业生产的日益发展，外地商船往返剧增。金朝为控制盐业贸易和扼制海滨之险在此设立关津。方圆约五华里的城墙由土坯垒成，东、西、南、北各有城门，城门嵌满铁钉，古人称为"铁门"。《齐乘》记载，滨州西二十五里，金人屯兵所筑故丁（汀）河口，号称铁门关，这是关于铁门关最早的记载。明《广舆记》载"关梁，鹿角关（临邑），铁门关（利津）"，可见明代时铁门关已经成为对外防御的一个重要军事关口。

关于铁门关，民间流传一个传说。明代有一位朱氏客商倡议在铁门关修建戏楼，并率先捐银圆若干，各商号、船商、渔家也纷纷捐献。"三庙一戏楼"的传说就此流传了下来。明代中期，由于大量食盐需要外运，河海相接、水陆运输四通八达的优势使得铁门关发展成了繁华的水旱码头和盐运输出要地，商业发展达到了鼎盛时期，并一直延续到清朝中期。

后来，由于黄河水患频发，铁门关日趋衰落。随着黄河入海口一带广阔的新淤地上不断迁来垦荒的移民，人口和村庄日渐密集，铁门关的由来也就成了当地的传说。

为探明遗址范围，山东省水下考古研究中心于 2017 年开始对铁门关遗址进行发掘，铁门关的面纱被逐步揭开。遗址东西长约 725 米，南北长约 280 至 360 米，面积约 26 万平方米，绝大部分位于前关村村庄占压的范围内，主要包括明清时期遗存。

不管是历史记载还是民间传说，都有对铁门关贸易往来重要关口地位的记载，而此次发掘的发现，更是为铁门关曾为明清时期重要的港口城市提供了证据。

吕剧电影《铁门关》剧照

（二）沿着黄河遇见海

1. 黄河口国家公园

大河与大海的双重馈赠

　　黄河从青藏高原奔流而下，蜿蜒万里，在东营汇入渤海，滋润了华夏文明，也塑造出一片神奇的土地——黄河三角洲。

　　抓好黄河流域生态保护和高质量发展，是一项重大的国家战略。2021 年 10 月 20 日，习近平总书记亲临山东省东营市视察黄河口，并强调：黄河三角洲自然保护区生态地位十分重要，要抓紧谋划创建黄河口国家公园，科学论证，扎实推进。

　　黄河口国家公园位于山东省东营市境内，地处渤海湾与莱州湾交汇处，优化整合了黄河三角洲自然保护区、地质公园、森林公园、海洋特别保护区等八处自然保护地，总面积 3517.99 平方公里，陆域面积 1371.19 平方公里，海域面积 2146.80 平方公里，核心控制区 1841.03 平方公里，一般控制区 1676.95 平方公里，是我国第一家陆海统筹型国家公园。

　　黄河口国家公园拥有我国暖温带保存最完整的湿地生态系统，也是世界范围内河口湿地生态系统形成、发育和演化的"天然记录器"。它保持的原真性、完整性和典型性，也成了国家湿地保护的典范。

　　这里拥有我国乃至世界大河三角洲中海陆变迁最活跃、面积增长速度最快的三角洲，对于研究和展示三角洲各种沉积相和沉积构造具有重大价值。这里有各种野生动物 1764 种，各种野生植物 411 种，是备受科学家青睐的天然物种基因库、生物科学研究的天然实验室。这里是黄渤海区域海洋生物的重要种质资源库和生命起源地。黄河与渤海相互作用，形成适宜海洋生物生长发育的良好环境，成为以半滑舌鳎、中国对虾、贝类、蛏类等水生生物重要的产卵场、索饵场、越冬场和洄游通道，海洋生物资源丰富。调查数据显示，洄游性鱼类种类约占渤海区域的 74%；有四十多种鱼类在此产卵繁殖，产卵期主要在 4—6 月份。2018 年以来鱼卵、仔稚鱼的密度从每立方米 3.8 个增加到 10.8 个。这里是东亚—澳大利亚和环西太平洋鸟类迁徙路线重要的迁徙停歇地、越冬栖息地和繁殖地，发现鸟类 373 种，其中丹顶鹤、东方白鹳等国家一、二级重点保护鸟类 91 种，有 38 种鸟类数量超过其全球总量的 1%，是东方白鹳和黑嘴鸥全球重要繁殖地、丹顶鹤重要越冬地和潜在繁殖地、白鹤全球

黄河口国家公园（魏东供图）

第二大越冬地、卷羽鹈鹕东亚种群最大的迁徙停歇地。

　　蒹葭苍苍三角洲，鸥鸣鹤舞上滩头。每年有数百万只的鸟类在这里迁徙、越冬、繁殖，被誉为"鸟类的国际机场"，被列为中国黄（渤）海候鸟栖息地（第二期）世界自然遗产提名地。这里是"中国东方白鹳之乡"和"中国黑嘴鸥之乡"。

　　黄河口国家公园坚守绿色生态发展理念，传承弘扬黄河文化，发挥保护、科普、研学、游憩等综合功能，实现人与自然和谐共生。湿地秀美，生物多样；和谐共生，大河安澜。黄河口国家公园是黄河流域生态保护的点睛之作，更是践行习近平生态文明思想，牢固树立绿水青山就是金山银山理念的"东营答卷"。

2. 东营市历史博物馆

打开尘封的记忆

　　东营市历史博物馆位于广饶县城中心地带，成立于1993年，属国家二级馆，是东营地区唯一的地区性博物馆。

　　东营市历史博物馆的前身是1983年成立的广饶县博物馆。早在1956年广饶就组织开展了由县文化科负责、省文物主管部门派员参加的第一次文物普查和文物保护工作，并结合普查举办了文物展览。中央古建筑修整所对广饶关帝庙大殿也进行了全面勘察和测绘。通过普查，初步落实文物古迹、遗址等二十余处。

　　对广饶进行的三次文物普查成果显著，初步摸清了历代文化遗存的分布状况。现在东营文化馆内珍藏着东营市最珍贵的文物，既有两万年前的麋鹿角化石，又有距今五千年左右的陶器、石器、骨器、玉器、青铜器等，也有王羲之行书《半截碑》拓本、《赵子昂真迹》自裱本和数件名人字画，还有中国最早的《共产党宣言》汉译本等。馆内共珍藏各类文物 11000 余件。其中，国家三级以上珍贵文物 403 件，也不乏非常珍贵的国家一级藏品。

与博物馆毗邻的建筑，就是我国著名军事家孙武的纪念馆——孙武祠，于 1993 年 4 月正式对外开放。博物馆展厅综合楼设有"史前文明""渠展之盐""馆藏集淬"等九个展厅。1992 年成立的国家级社会团体——中国孙子与齐文化研究会，也在博物馆内。

东营是吕剧的发祥地，2003 年 7 月建成的山东吕剧博物院全方位展现了吕剧的起源、发展和取得的重大艺术成就。

这是一扇开启的窗口，透过这扇窗口，东营悠久的历史渊源、杰出的人物、灿烂的文化，都能一目了然。

3. 黄河文化馆

一条大河波浪宽

黄河文化馆又称国家方志馆黄河分馆、东营市方志馆，位于东营市南二路与东三路交叉路口西侧，是东营市第一家国字号场馆，集藏书、阅览、研究、展陈等功能于一体，是黄河文化标志、全国方志馆样板、东营市文化名片和重要的爱国主义教育基地。

场馆总投资三亿余元，建筑面积 20351 平方米，展陈面积 10928 平方米，于 2018 年 5 月 29 日正式对外开放。该馆是目前国内规模最大的地方方志馆，也是沿黄城市面积最大的黄河文化主题场馆。场馆借助中国传统礼器——鼎的造型，与周边建筑共同诠释了"天圆地方""革故鼎新"的文化内涵。场馆的主体建筑分为四层，一层为东营市党性教育实践中心，二、三层为黄河文化主题展区，四层为"牢记嘱托·勇担使命——黄河流域生态保护和高质量发展重大国家战略东营实践"主题展区。黄河文化主题展区以"大河奔流"为统领，分为"中华母亲河""魅力黄河口"两大板块，共八个展厅，以"志说黄河、志说东营"的形式全面生动地展示了宏观、立体、人文、自然的黄河以及整个黄河流域光辉灿烂的古今文化，旨在展现母亲河"上下五千年、纵横一万里"的壮阔气势，再现黄河的波澜壮阔和黄河文化的博大精深。"黄河流域生态保护和高质量发展重大国家战略东营实践"主题展区为新设展厅，综合运用图片、实物、场景、沙盘等多种形式，突出展示全市上下深入贯彻落实习近平总书记视察东营重要指示要求、全力服务和推进黄河重大国家战略的生动实践和工作成效。

黄河文化馆突出国家性、黄河性、方志性、东营性，先后策划推出特色临时展览 25 个，举

黄河文化馆

办黄河主题活动 12 个。自开馆以来，已累计接待观众 65 万余人次，获评中国华侨国际文化交流基地、山东省爱国主义教育基地、山东省社会科学普及教育基地、山东省民族团结教育基地和山东省台港澳青年交流实习基地，获准加入全国水利博物馆联盟，在讲好"黄河故事"，传承弘扬黄河文化，推动落实黄河流域生态保护和高质量发展重大国家战略方面发挥了不可替代的重要作用，成为山东省和黄河流域乃至全国的一张"文化名片"、黄河文化标志、全国方志馆样板。黄河文化馆是东营的历史书，记录着东营的兴衰荣辱；是一座艺术殿堂，展示着祖先创造的美丽与神奇；是一座科学宝库，揭示着东营自然的奥秘和东营人民的智慧。

4. 渤海垦区革命纪念馆

铁血土地的见证

垦利区具有光荣的革命历史传统，其前身是当时山东六大战略区之一清河区（后改为渤海区）党政机关所在地，其政治中心"八大组"就设在现在的永安镇政府所在地。这里无边无际的芦苇荡和荆棘丛林曾是垦区人民抗日杀敌的大战场。永安镇是当时渤海区兵工厂、印钞厂、被服厂、皮革厂、渤海日报社、子弟学校、抗日剧团、医院所在地，是革命前辈马耀南、杨国夫战斗过的地方，是小说《海啸》故事的主要发生地，是清河（渤海）战略区的政治、军事、经济、文化中心。这里生产的大批粮食、军用物资在满足军需民用的基础上，有效支援了胶东、鲁南等抗日根据地，为夺取抗日战争胜利和全国解放做出了重要贡献。为铭记历史，教育后人，发展红色旅游，垦利在永安镇建设了渤海垦区革命纪念馆。

渤海垦区革命纪念馆于 2006 年建成开放，占地 5.1 万平方米，建筑面积 3200 平方米，馆名由中央军委原副主席迟浩田题写，设五个展厅、一个临时展厅、一个放映厅和一个活动室。一楼大厅为巨型铜质浮雕"垦区颂"，展现了为创建清河抗日根据地做出突出贡献的清河（渤海）区党政军主要领导干部许世友、马耀南、景晓村、杨国夫、李人凤等的雕像，凸显了在艰难革命岁月里，垦区军民一手拿枪、一手拿镐，一次次粉碎日伪军"扫荡"，开展轰轰烈烈的大生产运动等场景。浮雕中所有人物从誓师起义、战斗一线、兵工厂生产、学校读书、剧团演出、参军支前到全面胜利，都面朝同一个方向，寓意"团结一心、勇往直前"。二楼展厅按照时间脉络设置，分别为：奋举义旗，点燃清河平原抗日烽火；挥师北进，创建清河平原抗日根据地；艰苦奋斗，建设稳固大后方；同仇敌忾，夺取抗日战争胜利；无私奉献，迎接新中国诞生。

2021 年 6 月 19 日，渤海垦区革命纪念馆被中共中央宣传部命名为全国爱国主义教育基地。同时它也是山东省党员教育基

渤海垦区革命纪念馆

地、山东省社会科学普及教育基地、山东省国防教育基地。自2021年6月重新开馆以来，累计接待参观1.5万人次。

5. 雪莲大剧院

二十部自制剧红遍大河南北

雪莲大剧院位于东营市胜利大街600号，北邻清风湖，其设计造型取自高山雪莲，与巴颜喀拉山的雪莲花相呼应，拉近了黄河源头水尾时空的距离。地理位置的优越，加上优雅的造型，使得雪莲大剧院成了黄河流域最具魅力的标志性建筑之一，成为弘扬高雅艺术、提高人民文化修养、推动国内外文化交流、促进东营与国际文化接轨的重要场所。

雪莲大剧院

雪莲大剧院东西长约560米，南北长约530米，总用地面积29.724公顷，总建筑面积45094平方米，绿地面积181600平方米，其中水面面积58700平方米，建筑高度46.25米，道路广场面积83500平方米。设923个机动车停车位，其中小客车停车位913个（含无障碍停车位4个，大客车停车位10个）。大剧院主体1层，局部6层，观众厅设有观众席约1340座，多功能厅设有观众席约400座，能满足大型歌剧、舞剧、交响乐、综合文艺演出等各类演出需求。

雪莲大剧院于2014年9月正式开业，由东营市黄河文化传媒集团负责运营管理。九年多的时间，从最开始只引进剧目，到自制剧目再到外出巡演，雪莲大剧院创造性地开辟了一条运营的新路子——请进来、走出去、活起来，被业内誉为"雪莲模式"，成为"小城市"运营"大剧院"的典范，雪莲大剧院也真正成为"灯光常亮"的城市文化地标。

"请进来"，不断引进高雅剧目。雪莲大剧院注重引进高雅艺术，平均每年演出近百场，内容涵盖交响乐、魔术、杂技、舞蹈、话剧、儿童剧、相声、演唱会、歌舞晚会等多种类型，上座率达到百分之八十以上，给市民带来了高享受的文化盛宴。

雪莲大剧院还探索自制剧目，并成功实现"走出去"。2015年初，雪莲大剧院着手自制剧创作。雪莲第一部自制剧《阿拉丁神灯》于2015年5月31日正式公演，大获成功。同年9月底，雪莲投资两千余万元创作的大型原创旅游剧《黄河口奇缘——天鹅》成功首演并于十一期间连续公演。由于制作精良，雪莲自制剧不断受到外地剧院的邀约，从而"活起来"。

2021年12月，在第十一次全国文代会期间，全国优秀音乐剧《追光者》在北京天桥艺术中心隆重上演。这场以雪莲大剧院直属剧团——雪莲艺术团为班底的演出获得了现场观众和社会各界的广泛好评。

雪莲大剧院自制剧《追光者》演出现场

此剧讲述了 20 世纪 20 年代东营籍共产党员李耘生，在任中共南京市委书记期间，为重建并壮大中共南京地下党组织，与敌人斗智斗勇，却不幸被叛徒出卖、壮烈牺牲的故事。该剧邀请了全国著名导演陈蔚等主创团队精心打造，以音乐剧的形式，呈现了李耘生用青春热血守护共产主义信仰，为国家、为人民英勇赴死的崇高气节。该剧在 2018 年以来全国创作的八十一部音乐剧作品中脱颖而出，入选国家文旅部第二届音乐剧展演参展剧目。

儿童剧《一船星光梦》以黄河滩区搬迁为大背景，讲述了城里孩子与农村留守儿童一起，不放弃对美好未来的向往的故事，讴歌了善良、淳朴、智慧的黄河儿女不屈不挠、奋发向上的精神，荣获山东省委宣传部第十三届精神文明建设"文艺精品工程"奖，并入选第十二届山东文化艺术节新创作优秀剧目评比展演。

二十部雪莲自制剧的全国巡演，不断提升了黄河口文化的知名度和影响力，正逐步成为向世界展示东营黄河文化的窗口和重要载体。

6. 胜利油田科技展览中心

通向地心的秘境

胜利油田科技展览中心地处东营市西城繁华地段，距东青高速公路 8 公里，距东营火车站 1.5 公里，距东营机场 25 公里，占地面积 15000 平方米，建筑面积 6600 平方米，累计投入 5000 多万元，现为国家 3A 级旅游景区，是一个集石油地质科普、石油科技博物鉴赏、石油科技展览演示，以及胜利油田发展历程回望于一体的综合性活动场所。展览中心布局合理，进出便捷顺畅，设有两个接待游客的停车场。

展览中心有三个展厅——油田发展史厅、勘探开发厅和科技成就厅，讲述了胜利油田四十年的发展历史、勘探开发历程和所取得的十大科技成就。

其中勘探开发厅是一个由星空走廊组合而成的宇宙天体微缩景观，展示了太阳系与地球、石油地质构造、油气生成运移及聚集、石油与天然气的勘探开发过程等科普知识，陈设了大量有科学价值的实物、标本和动感演示模型。游客可以形象而又直观地了解石油、天然气的生成、运移、聚集等科普知识。科技成就厅主要展示当代中国石油、天然气勘探开发的新成果、新技术、新发展。油田发展史厅主要展示中国第二大油田——胜利油田的发现和发展历程，共包含六个部分：胜利油田的发展；党中央发出华北石油会战号令，建成全国第二大油田；率先实行原油包干政策，使原油生产突破三千万吨；二次创业持续稳定发展，稠油开发新突破，勘探开发埕岛油田；胜利文化；从胜利走向胜利。

展览中心自 2000 年 6 月向游人开放以来，受到了各界人士的广泛关注和赞誉，已成为东营市和胜利油田对外接待和宣传的重要窗口、科普教育基地、科技成果展示交流的平台。

7. 老街长巷

伴你走回慢生活

老街，虽然新，但还是那条街，历经六个半世纪；长巷，也还是那个六个半世纪的巷。走一走"老街长巷"，听一听那乡邻"吃饭里蛮""干渴蛮"的回声，看一看爱干净穿戴整齐的利津人把老街打扫得一尘不染，纵使泥巴墙也让他们抹得墙面溜光，就觉得岁月静好。

老街长巷也叫"百年老街十里长巷"，南起于头枕黄河大堤的南岭村，北至北岭村，距离利津县城东部22公里，盐窝镇4公里。洪武二年（1369），山西洪同移民迁来立村。当时，南岭与北岭相隔有一大湾，湾南北各一高岗，南岗叫南岭，北岗叫北岭。移民迁来后，为防水患便在两个土岗上居住了下来，也就有了现在的南岭与北岭村庄。1885年黄河决口，大水从南岭村东流入大清河向东北方向入海。当年水患严重，沿河许多村庄被冲毁，粮田被淹没。严重的水灾，逼迫人们逃荒要饭，有的人家卖儿卖女。居住下来的人们为防灾患重来，便联合起来沿河岸堆土筑坝，形成了蜿蜒的一条护河长龙。与此同时，人们也在筑起的坝上建房居住。随着时代的变迁，水患冲刷，这条护

老街长巷

河堤损毁严重，唯有南岭至北岭这片高地未曾中断，也就形成了现在的老街长巷。而南岭在老街的最南端，像这条老街长巷的龙头。

老街长巷具有深厚的文化底蕴，这里曾是清山东八大盐场之首永阜大盐场腹地，也是岳飞后人、曾国藩房师岳镇南的故里。这里保留着全国已不复见的宫廷剪纸技艺。以王象焕为传承人的"王家剪纸"，家族传承源远流长。这里有吕剧的前身老扬琴艺术，这里还有当地人津津乐道的薄庄草塾堂。南岭李模店兴盛于明末清初，是远近闻名的地标性马车店。还有人们如数家珍的"样板戏""黄河号子""北岭丸子""南岭豆腐""南岭酱醋""八大碗""老粗布"等。

2022年1月，老街长巷荣获第五届山东省文化创新奖。南岭村获得中国美丽休闲乡村、山东省文化生态名村等荣誉称号，成功入选首批全国非遗旅游村寨。

8. 知青小镇

青春奉献黄河口

这是一片神奇壮丽的土地，知青们千里迢迢来到这里，不仅仅是一场艰辛的旅程。他们曾把情感留在这里，把心留在这里，但这里也是个让他们扎心的地方。有棵见证岁月的树，有支难忘的歌，有条青春走过的路，都封存在他们记忆深处。

黄河口知青小镇位于东营市现代农业示范区，是原国营黄河农场三分厂所在地。其到黄河口生态旅游区直线距离五公里，是利用原山东生产建设兵团一师一团三营（黄河农场三分场）旧址开发建设的一个红色主题旅游项目。它通过挖掘、整合资源，将一个废弃拆迁的农场旧址打造成省级特色小镇，成为黄河流域生态保护和高质量发展的一个成功案例。

小镇具有独特的资源优势，原汁原味地保留了20世纪六七十年代农垦人（知青、兵团战士）工作和生活的场景。这是目前黄河尾闾保存最完整、规模最大、时代印记最明显的新中国早期建筑群落。全国战斗英雄、电影《渡江侦察记》主人公原型慕思荣是黄河农场首任党委书记、厂长，毛泽东的警卫员曾华、十大代表杨春明、第十三届全国政协副主席杨传堂等都曾在此战斗和生活过。荒原上的知青小镇，曾发生过许多生动感人的故事。其中的农垦博物馆，展现了从知青下乡到组建兵团建设垦区的峥嵘岁月。馆内展示的人物事迹、农耕工具和农耕生活照片，让人印象深刻。

几代农垦人所凝聚的艰苦奋斗精神，是我们开展传统教育和理想教育的生动教材。小镇具有特殊的地理坐标，它是万里黄河入海流经的最后一个人类聚集区。小镇拥有丰富的地热资源，具有开发温泉康养项目的先天条件。而依托黄河口生态旅游区，有较大的客流量，通过以大带小、以小补大实现了两个景区的融合，在观光内容（自然与人文）上相互补充，在旅游功能（游客引流与吃住）上相互保障，在品牌打造上相得益彰。

小镇由加拿大东营商会与东营东力农业科技有限公司联合投资开发，山东知青小镇文旅发展有限公司运营。项目占地350亩，总投资两亿元，重点建设红色教育基地、研学游基地、艺术家创作写生基地和游客休闲度假中心、温泉康养中心及汽车自驾游营地。目前，小镇游客服务中心、教育中心、知青大食堂、精品民宿、艺术中心、大舞台、农垦文化馆、研学大本营、多功能厅等设施已全部投入运营。

现在，知青小镇被确定为山东省知青特色小镇、山东省重点文化产业项目、山东省中小学生社会实践教育基地、山东省红色研学游基地、山东省华侨文化交流基地。同时，被确定为东营市爱国主义教育基地、东营市社会科学教育基地。

9. 退役"胜利二号"

河海神韵中的自由浪漫

"石油工人一声吼，地球也要抖三抖。"橘红色的帽子在"胜利二号"这座平台上晃动了三十多年，在浩渺的大海上，在蓝天白云下，我们的石油工人以苦为荣，以台为家。2023年6月，九十多岁的顾心怿再次登上这座平台，不禁泪流满面。

浅海钻井平台是渤海湾一道亮丽的风景线，是黄河三角洲海上石油勘探开发四十年的亲历者和见证者，是东营一代人心目中最具代表性的海上地标性建筑。"胜利二号"钻井平台是世界上第一座极浅海步行座底式钻井平台，由中国工程院院士顾心怿主持设计，青岛北海造船厂建造，1988年投产，该项目获1992年"全国十大科技成就奖"。平台在冀东海区钻探的南堡5–4井创中国浅海钻井井深最深纪录，先后与香港东华、辽河、大港、冀东等油田和公司成功合作，曾荣获"中石化石油工程重大油气资源发现奖""胜利油田银牌队"等称号。

"胜利二号"钻井平台目前位于桩西近海,处于退役状态。2020 年 7 月,该平台被胜利油田胜利资产调剂租赁公司整理处置,山东小岛河港务有限公司竞得所有权,计划总投资 1.2 亿元,对平台进行专业改造配套升级。结合小岛河综合码头建设,多功能海上平台建设,游艇俱乐部建设,在满足渔业生产经营的同时,以海上旅游带动港口码头建设,促进东营渔业和旅游业的融合发展,提升东营整体沿海旅游业的发展。很多游客对东营的第一印象就是黄河入海口,都想看到黄蓝交汇的景象。但由于目前黄河入海口景点受潮汐、天气等各方面因素的影响,很少有人会看到这个景观。依托小岛河码头,自小岛河码头出发去海上平台观看黄蓝交汇的场景,这是平台发挥观景功能的一个重要方面。与此同时,海洋钻井平台保留基本生产功能分

"胜利二号"钻井平台

区，可发挥科普陈列功能，让更多的人了解海洋钻井，将评台的宣讲功能落到实处，带动产学研的发展。另外，平台依托海洋牧场，将滨海岸线资源、海上资源有机结合起来，推进海洋旅游从近岸向海上转移、从观海向亲海延伸，打造集"休闲观光、竞技垂钓、海洋采摘、食宿赏娱"功能于一体的海上休闲渔业旅游体验平台。平台修缮整理后可作为本地重点海洋监测点，为海洋环境监测、天气预报等各方面提供硬件支撑。退役"胜利二号"的再出发，对拉长海洋牧场产品链条具有积极作用。

（三）和谐共生有大美

1. 小雪的故事

老李与天鹅的情缘

"关关雎鸠，在河之洲。窈窕淑女，君子好逑。"美妙的情感故事不仅仅在人与人之间上演，在黄河三角洲国家级自然保护区，老李和天鹅小雪的故事感动了很多人。

2007年的冬天，黄河三角洲国家级自然保护区鸟类救助站的李建，在封冻的河道上捡到了一只遍体鳞伤的大天鹅。李建和同事一起，小心翼翼地把它带回保护区鸟类救助站，为它治伤、喂食。李建说："当时我们都没有信心。它伤得太重了，脖子、翅膀都有伤，野生的鸟气性也大。但伤势太重，反而任他摆布，喂食物虽然费工夫，却能让它吃进去。"

经过一个月的守护，这只大天鹅除左翅膀骨折导致永久性的畸形和脖颈上一处细微的疤痕之外，身体基本无碍了，可它再也不能像其他鸟类一样翱翔蓝天了。一个月的守护，让天鹅认准了李建，每天蹒跚跟随，一人一鸟，相映成趣。"它伤好之后，特别黏人，这是它和其他的野生鸟类不同的地方。其他的野生鸟类，人离很远就飞走了，它确实不太一样。"初次相遇是在一场小雪天，所以李建给它起了个名字——小雪。现在，小雪已成了保护区的"大明星"，多家媒体曾对李建和小雪的故事进行采访拍摄，他们的故事还两次被改编成电影搬上荧屏。2010年12月，由著名导演孔笙执导的电影《我和我的伙伴》正式开机进行拍摄。一年多后，正式在中央六套电影频道播出。2017年12月，由山东影视公司拍摄的微电影《守候者》，也于2018年3月播出。这两部电影的创作，也为社会打开了一扇认识保护区的窗口，吸引了更多的游客走进自然保护区，了解自然保护区。东营市还把小雪和李建的故事搬上了舞台，打造了舞台剧《黄河口奇缘——天鹅》。

现在，小雪还是喜欢跟着李建散步，振翅和他互动，甚至通过天鹅特有的鸣叫声和李建"聊天"。这是他们两个的默契，也是感情沟通的方式。

"救助后三个月左右，我请假休息，小雪见不到我，就不吃东西了。"接到同事的"告急"电话，李建中断休假，赶回了保护区。李建有空会带着女儿来看小雪，他告诉女儿，"别看它身体比你小，但是它年龄比你大，你应该叫它姐姐。"

李建觉得，作为一个生命，没有繁衍后代，总是有些遗憾，所以，这几年来一直在为小雪寻找一个称心如意的对象。可是结果不尽如人意，三只雄性的大天鹅，没有一只是小雪中意的。李建没有放弃，多方努力，终于为小雪觅得佳偶。现在和小雪生活在一起的是科普园里最强壮的一只雄性大天鹅。它们相处得不错。甚至每次李建叫小雪时，这只雄性大天鹅都会摆出战斗姿势，偷袭李建，准备英雄救美。得到爱情滋润的小雪，也开始沉浸在二鸟世界的幸福生活中。

"现在我叫小雪，它就回应几声，不像以前看到我那样兴奋。看到它俩相处，我想到女儿长大成人要离家的样子，心里还有点酸酸的呢！这些年，我们救助的鸟类不计其数，一般救助的鸟类，都因为野性，自己'绝食而死'，即便救助成功也是头也不回地飞走。只有小雪，和人类有了这么深的一段情缘。"

李建和小雪互动

今年，是小雪在黄河口的第十六年。按照天鹅的寿命，小雪已经步入中老年。这十几年间，黄河口已经实现了丹顶鹤、东方白鹳的人工繁育。其中，丹顶鹤繁育：2020 年 7 只，2021 年 7 只，2022 年 8 只。

"刚来的时候，感觉这里除了环境好啥都没有，现在每天和这些精灵相处，让我感觉自己的工作很伟大。"李建说自然保护区里的鸟类越来越多，自己的工作也越来越有趣了，"原来是 187 种鸟类，现在已经翻番了，而且保护区内又新发现了火烈鸟、白鹈鹕、勺嘴鹬等鸟类栖息。"

大自然是动物和人类共同的家园，尊重自然、呵护生态，是我们每一个人的使命和职责。

2. 绿色的眷恋

"树妻鹤子" 盖凤冉

"苏家屋子"位于黄河入海口处的那片八千亩刺槐林里。之前，政府动员乡民去那里垦殖，但没人愿意去，那里的条件太艰苦。可总有人不信邪，盖凤冉和他的父亲去了，用扁担挑着锅碗瓢勺和铺盖卷。荒原泥沼里出现了两行陌生的脚印，这脚印非常坚实和清晰。

爷俩来了，冬去春来，荒原上不断增长着绿色，也引来了众多的飞鸟。

父亲得了风湿性关节炎不能继续种树,盖凤冉自己坚守着，每月拿着 150 块钱的临时工资。孤灯之下，他用艰涩的笔，记录下栽种幼林和多年护林的心路历程。

盖凤冉写下：

> 八二年从福建莆田回来后，父亲已经去了孤岛。母亲说父亲让我们娘俩也一块去，我就用那辆手推车，推着母亲，走了两天，终于来到了荒无人烟的大孤岛黄河三角洲。那时候平时没有一个人来，也没有一条道。白天干活不寻思这那，到晚上害怕、孤独，很想家。
>
> 记得八六年六月份，黄河水上滩，种的庄稼全都涝了，屋子都快塌到河里去了。到了冬天三九、四九的时候又上大水，水围了屋子，炕都倒了。在我们走投无路的时候，林场派来了直升机，把我们送回了家。打那开始，我感念着社会主义大家庭的温暖，对林场和我种的那片林子地，还有那间小屋有了深深的感情。
>
> 记得八五年的一个春天，在屋子的东南方起了一场大火，大火从下午一点烧到晚上五点，我们三口人都去参加了灭火，保住了搿了好几年的树苗。第二天父母都累倒了，我的被子上也烧出了洞，但树苗都保住了。我们打心里高兴。

四十多岁的时候，盖凤冉还没有成家。他写道：

> 记得是个秋后，哥哥给我买了四间屋子，说是有个姑娘愿意跟咱，让我回家一趟。我问姑娘，你愿意

上孤岛吗？她说，你上孤岛，我就不跟，不去我就跟你。婚事，只能是吹了。转眼四五年又过去了，我的年龄越来越大，成了全家人的负担。

使我最高兴的是，东营电视台让我去看九六年的春节联欢晚会。我在想，看树看了十八年了，十八年来没有看过一次春晚，春节也没回过一次家。而今年居然看到了晚会，电视台还给我纪念品，给我买衣服。这一切，我要当作我的生日一样牢牢记住。这也是我一生最幸福的时候。

那天，他第一次见到那么多的人，第一次看到那么丰富多彩的节目，忍不住激动地哭了。晚会结束后，市里的领导让他在市里过个热闹年、松缓年，但他半夜偷偷地步行回林场，一直走到天明。

盖凤冉的万亩槐林

退休后，盖凤冉和妻儿住在垦利，当我们问起他的妻子为什么要嫁给盖凤冉时，她说："因为他人实诚！"

3. 稻田画

为黄河口大地铺锦叠绣

仲夏，正是水稻茁壮成长的时节，黄河边垦利区永安镇稻田画风景区进入最佳观赏期。放眼望去，一幅以田为"纸"、以稻为"墨"的五彩斑斓巨幅稻田画徐徐展开。清风徐来，稻田掀起层层波澜，呈现出别样的田园风光。

2022年的稻田画以"喜迎二十大，奋进新征程"为主题，生动诠释了2022年是进入全面建设社会主义现代化国家、向第二个百年奋斗目标进军新征程的重要一年。西侧以"稻香蟹缘，魅力永安"为主题作画，以小老虎、稻穗、稻田、黄河口大闸蟹、黄河等元素进行构图，由黄、白、紫、绿、黑、红六种颜色的水稻组合而成。怀抱稻穗的小老虎寓意着虎兆丰年，粮食丰沛充足；蟹钳夹稻穗寓意着向世界各地人民推介永安的特色农产品；背景图"稻田""黄河入海"更是展现了"黄河入海，生态东营"的城市名片。整个图案色彩绚丽、生动可爱、生机盎然，寓意扎实推进"三农"工作，撸起袖子加油干，奋力开创全面推进乡村振兴新局面，为实现中华民族伟大复兴的中国梦做出新的更大贡献。2023年稻田画的主题是"乡村振兴，农业强国"和"耕农田，耕心田"。研学、劳动教育是社会教育的重要组成部分，对于促进青少年德、智、体、美、劳全面发展具有重要作用。稻田画将劳动教育、自然教育有机融合起来，有助于实现全方面立德树人。

20世纪60年代之前的东营，遍地是河沟海汊。可用的土地，六成是潮土，还有三成半碱土，不少地方寸草不生、寸草不长。旱一年，涝一年，盐碱灾害又一年，农家的收成少得可怜。仅有的一两块零星的稻田，湮没在漫漫的湿地水泽中。60年代后，水稻在宁海公社试种成功，青青秧苗很快蔓延到黄河两岸的新淤地上。到90年代，十万亩水稻开发的国家级项目落户东营，大规模种植，良种繁育，技术研发，东营农民开始在"稻花香里说丰年"。2000年前后，黄河口稻米已誉满京津，成为粳米中的上品。传统的人工插秧，一个农民一天插五到八分地；现在的机器抛秧，一小时就能抛四到五亩地。在这里，5G精准种植、AI涵养、数字种植技术不再是概念。

稻田画

到乡村采风，经常看到农民拿着平板和手机。你以为他们在玩游戏、看新闻，走近一瞧，竟是在操作管田App。瞬间你会理解，怪不得黄河口大米越来越"出圈"。稻米的广泛种植，也激发了稻农们的艺术灵感。他们种植不同品种的水稻，根据色差形成稻田画，造就了一个又一个网红打卡地。一幅幅画作，既描绘出了他们的心里话，也让这片丰收的土地更加绚丽动人。

4. 与子偕行

为白鹭的家"让路"

在民间，白鹭有"风水鸟"的称号。它飞到哪里，哪里就有农人的笑脸，哪里就有丰收的年景。

东营市区北郊一处八十多亩的园林苗圃，是十几年来多种鹭鸟的繁殖地，年孵化幼鸟两千多只。2012 年冬天，东营市规划实施"金湖银河生态工程"，其中的"德州路东延"项目要穿过这片林地，当时鸟类还在南方越冬。等到 2013 年 4 月 20 日准备施工清除苗圃时，正值这些夏候鸟的育雏期，施工将导致两千多只幼鸟夭折，一千多只成鸟失去家园。东营市观鸟协会会长郭建三得知情况后立即赶到现场阻止，耐心劝说："如果强行施工，将会带来一场生态灾难，不仅有违生态道德，更有损政府形象，给'生态文明典范城市'的招牌抹黑。"并请求他们暂停施工。他一边安排人员保护现场，一边奔波于有关部门，后来找到主管部门的主要领导，得到的答复是："市委常委会已经研究确定了，不可能再更改。"郭建三就苦口婆心地劝说："国家建设青藏铁路穿越可可西里保护区时，为了减少对藏羚羊迁徙造成的影响，偌大的工程不惜绕远，实在绕不开的还修建起高架桥为藏羚羊留出足够的迁徙通道。我们能否也让公路绕一绕呢？"几番诚恳交流后这位领导终于有所松动，但也谈了为难之处：一是两侧的配套工程已接近尾声，改线就得返工，就要增加投资；二是改线后不仅需要支付农民的占地赔偿，还有一处油田加温站要搬迁，投资额将大幅增加。"千金难买生态宝地！我们最应该留给子孙后代的，是碧水蓝天哪！"最终达成共识，这位领导终于点了头，答应再向市领导反映一下。这时，施工现场负责人又一次打来电话催促："请示得怎么样了？没有结果我们就要施工了！"紧要关头，郭建三会长毅然决定：打破常规，直接去找市领导。一份《关于六干苗圃鸟类繁殖地濒临破坏的反映》直接送达市委、市政府主要领导处。次日，市委书记批示："不仅不能破坏，还要加强保护。"并责成分管副市长牵头处理。工程指挥部多次到现场勘查，研究工程调整规划，科学地确定了避让路线，将此处加

为白鹭的家"让路"

以保护，命名为"白鹭园"。笔直的公路绕了一道弯，工程增加投资五千多万元，却成就了东营生态文明史上一道亮丽的风景，留下一个感人的生态故事。2017年，八十亩的"白鹭园"得到市政府高度重视：结合设立垦利区之后的城区规划调整，邀请国内知名生态专家现场论证，确定以"白鹭园"和辛安水库为核心，规划建设107平方公里的"白鹭湿地公园"。

5. 向盐碱地要粮

论文写在大地上

2021年10月21日，习近平总书记来到黄三角国家农高区考察，走进盐碱地现代农业试验示范基地，沿着田间道路，边走边看，两侧资源圃内，苜蓿葱绿，藜麦泛红，田菁长势喜人。当时正值大豆收获季节，总书记走进盐碱地改良的大豆田，弯下腰摘了一个豆荚，剥出一粒大豆，放在嘴里咬了咬，说道："豆子长得很好。"

民以食为天，"开展盐碱地综合利用对保障国家粮食安全、端牢中国饭碗具有重要战略意义"。举个简单的例子，2021年，我国大豆产量1640万吨，进口大豆9650万吨，依赖度达到85%。按照目前大豆平均亩产260斤来计算，如果大豆不进口的话，还得需要8—9亿亩的耕地。由于我国人口众多，在优先保障小麦、水稻等主粮种植面积的前提下，就必须充分挖掘利用好盐碱地，因地制宜地发展耐盐碱作物。

我国盐碱地面积约15亿亩，其中可开发利用盐碱地面积约5.5亿亩。作为国内唯一以盐碱地为特色的国家级农高区，加快盐碱地的生物育种、产能提升、生态化利用，努力筛选培育出适合在盐碱地种植的新品种，向碱地要粮，向科技要粮，是农高区的战略使命。扛牢盐碱地综合利用这杆大旗，实现这个历史使命，并没有那么容易。缺领军人才，农高区就三顾茅庐，邀请院士把脉问诊；缺专家团队，就挨个登门拜访，与中科院、中国农科院等国内盐碱地领域的高校院所、企业开展项目合作；缺本土人才，就联合青岛农业大学，共建研究生培养基地，把学校搬进大田里，把课堂设在地头上。

总书记在视察农高区时，同农业技术人员进行了亲切交流，他说："论文写在大地上，你们这件事做得很好。"这句话，可以说是给科研人员的"强心针"。在田野大地上写论文，关键是要有新品种、新技术。品种的研发和选育是个漫长而又艰辛的过程。大家都知道，袁隆平老先生终其一生，也只为一粒种子而不懈追梦。每个新品种都凝聚了无数科研人员的心血和汗水。野外采集种子非常不容易，重度盐碱地和荒滩路非常难走，越野车经常会陷入泥坑，团队技术人员就拿着铁锨，把泥一点点铲出来，再垫上砖；越野车进不去，科研人员就兵分几路，带上铁锨、网兜、标签，徒步进入荒滩，一边开路一边寻找样本。虽然，随着技术的进步、经验的积累，在农高区的育种加速器内，可以通过加代、定向培育等方式，加快育种速度，但一个新品种的审定、登记，需要经历区域试验、生产试验等诸多环节，最理想情况下，也需要四年时间。

盐碱地综合利用科技会战的帷幕才刚刚展开，还有一系列技术等着去攻关，通过不懈努力，昨日的不毛地，一定会变成明日的米粮川！

三

薪火永继

东营人有革命传统，东营地区是革命老区，长期的革命斗争实践中形成了影响深远的革命文化。东营地区延集村和刘集村在1925年就建立了中共地下组织，是山东省最早建立的农村党支部。1926年，一部《共产党宣言》，经刘集村数名农民、党员冒着生命危险保存下来，是现存最早的《共产党宣言》中译本，国家一级文物。抗日战争期间，境内著名的垦区抗日根据地是清河区平原游击战争的稳固后方，并有力支援了胶东、鲁南抗日根据地的斗争。党领导抗日军民与日本侵略军在这片土地上浴血奋战，粉碎了日伪军多次残酷的"大扫荡"，以巨大的牺牲换来了抗日战争的最后胜利。解放战争时期，东营人民全力以赴支援前线，掀起了参军、支前热潮，为全中国的解放做出了巨大贡献。东营人民爱党爱国、以国为重、不怕牺牲、无私奉献的高尚情操，构成了革命文化的主旋律。东营的革命文化，是以鲜血和生命为代价换来的宝贵精神财富，将永远激励后人为理想而献身。

（一）烽火中淬炼铮铮铁骨

1. 大火种

一本《共产党宣言》的传奇

1848 年，三十岁的马克思和二十八岁的恩格斯或许不会想到，《共产党宣言》发表七十多年后，会在遥远中国鲁北平原上一个偏僻的小村庄点燃革命的火种。1975 年，八十四岁的共产党员刘世厚也不会想到，当他把用生命保存了四十三年的《共产党宣言》献给国家，这个关于信仰、关于忠诚、关于初心的红色传奇，将被后来者不断地讲述和演绎。

在广饶县博物馆里，珍藏着一本《共产党宣言》最早的中文全译本。1920 年 8 月，早期的共产主义者杭州第一师范教师陈望道翻译的《共产党宣言》全译本，首次在中国出版单行本。广饶县博物馆藏的那本《共产党宣言》，是 1975 年广饶县刘集村老农刘世厚捐献的首版单行本。

五四运动后，马克思主义的著作在济南已有流传。1921 年秋，党的"一大"代表王尽美、邓恩铭从上海归来时，带回了《共产党宣言》等马克思主义著作和宣传品。广饶珍藏的这本《共产党宣言》，最初就是在济南流传的。此书首页右下角，

105

盖有一方铭文为"葆臣"的朱红印痕。葆臣姓张,是济南团组织的负责人之一。张葆臣的这本书传到了一名女党员刘雨辉手中。刘雨辉是广饶县刘集村人,1926年春节,她把马克思主义宣传材料包括这本《共产党宣言》一起带回了广饶县刘集村。

大革命时期,刘集村党支部书记刘良才经常召集党员在他家的三间北屋里学习这本《共产党宣言》。他们亲热地把马克思叫作"大胡子",把《共产党宣言》叫作"大胡子的书"。

1928年12月,中共广饶县委成立。不久,刘良才任县委书记。1930年11月,敌人加紧了对广饶共产党组织和党员的搜捕。刘良才回到刘集村,销毁了大批机密文件和学习材料,但他没把《共产党宣言》销毁,而是密藏在家里。1931年2月,省委决定调刘良才到潍县任中心县委书记。临行前,他把《共产党宣言》郑重地转交给刘集村党支部委员刘考文。1932年8月,广饶党组织又遭到严重破坏,刘考文把《共产党宣言》转交给忠诚老实、不太引起敌人注意的老党员刘世厚保存。不久,刘考文等一批党员被捕,刘良才在潍县也惨遭杀害,党的活动陷入低潮。那时,国民党政府把《共产党宣言》列为禁书之首。但是,刘世厚和许多有觉悟的农民坚信"大胡子"在这本书中所讲的话,坚信革命一定会胜利。刘世厚用油布把它严实地包好,再装进竹筒里,埋在床铺下面,藏在屋顶瓦下,一次次躲过敌人搜查。抗日战争时期日军、伪军曾三次"扫荡"刘集村,全村房屋几乎被烧光,但《共产党宣言》在刘世厚的保护下完好无损。1941年1月18日,日伪军一千余人突然包围刘集村,村民八十三人惨遭杀害,五百多间房屋被烧毁。已经逃出村的刘世厚，心里惦念着这本书，又潜回家中，在烈火中爬上屋山墙，从雀窝中抢救出这本宝书。解放战争时期，刘集成为解放区，但形势仍很不稳定，刘世厚便严密藏匿这本书。新中国成立后，他重新用针线装订好，在书的首页左上角盖上一枚"刘世厚印"，该印痕与最早收藏此书的"葆臣"印痕交相辉映。然后，用一块蓝布包袱皮包好，放

《共产党宣言》广饶藏本

进一个小木匣里。他常把书拿出来观赏阅读，既纾解对老战友和烈士们的怀念之情，又以此激励自己。

近百年来，东营地区各级党组织牢记为人民谋幸福、为民族谋复兴的初心和使命，带领广大党员群众前赴后继、接续奋斗，谱写了一部气壮山河的革命史、艰苦卓绝的创业史、拼搏崛起的发展史。

在同一片土地上，面对那些追寻红色记忆的寻访者，刘世厚的孙子刘洪业一遍一遍讲述着爷爷辈与那本薄薄的小册子间惊心动魄的故事，在这里，还有更多的人在讲述，在传唱……

2. 清水泊战役

清河抗日烽火初燃

1942 年 6 月上旬，日军集中了混成第六旅团，青岛、潍县

伪军两个团及惠民县部分日伪军,约五千人、骑兵三百人、汽车百余辆、装甲车三辆,五路分进合击,"扫荡"清河抗日根据地清水泊。这次"扫荡",日军行踪诡秘、迅速,不与当地日伪驻军结合,路遇少量八路军部队亦避免接触,绕行而过。

9日黎明,日伪各路将八路军清河军区司令部、清东独立团、中共清东地委、清东专署及寿光县民主政府机关、县大队、部分群众重重包围。我军民撤至清水泊湖区芦苇荡之内。敌集中武器向湖区密集扫射,被围军民在杨国夫司令员指挥下,奋力突围。清东独立团首先冲出,抄袭敌后,打乱日军行动计划。杨国夫领兵从西南角向北洋头方向冲击。经过一天激战,大部突围脱险,并击毙日伪军六十余名。

10日,由日军混成第六旅团长亲自指挥,集中日伪军七千余人,与潍县、寿光、临淄、广饶、利津的伪军配合,分兵四路,采取拉网合围战术,二次"扫荡"清水泊。当时,根据地一带的抗日武装主要是清东独立团,该团共有四个连,

八路军山东纵队第三支队于1940年跨过小清河向北挺进

其中三个连同清河军区直属团一部驻常家庄、宋家庄，另一连驻北河。15日拂晓，发现敌情后，立即指定驻北河的一个连向东突围，驻常家庄、宋家庄的三个连由团长、政委、副团长分别带领向东北、正西、西南突围。向西和西南突围的两个连，遇日军重兵阻击，先后转向清水泊。时北面之日军早已占领要地，展开兵力，东面日军也相继出现，南、西面日军亦步步紧逼。

15日上午7时左右，日伪军从四面八方围拢上来。司令部立即决定，团长董酉炳、政委岳拙元、副团长陈一斋、政治部主任王林带领部队分别突围。岳拙元、王林所带两个连，首先向西面发起冲锋，吸引了敌人的主力。董酉炳、陈一斋所率两个连，乘势向东北方面日军薄弱处突围而出。日军包围圈逐渐缩小，炮火轰击之后，敌军号叫着围了上来。两个连全体指战员，冲出阵地，直扑敌群。在激烈的肉搏中，刺刀拼断了，便用枪托砸。炊事员扔下炊具，拿起大刀，砍死四个敌人，自己也壮烈牺牲。军区直属团的一个排在冲锋时，端着刺刀大喊：

中共清河地委旧址

"是中国人闪开，我们杀的是鬼子！"他们杀开一条血路，向清水泊中心冲去。

午后1时左右，日军集中兵力，从四面冲入湖心。政委岳拙元、政治部主任王林皆负伤，全军弹尽援绝。他们誓死战斗到底，干部振臂一呼，战士应声而起，与敌人肉搏，终因众寡悬殊，两个连战士大部壮烈牺牲。岳拙元、王林带伤率少数战士连夜转移。此战役，清东独立团以两个连的兵力与日伪军数千人拼搏，杀伤日伪军两百余人，多数战士以死殉国，是清河平原抗日战争史上最悲壮的一页。

3.八大组

抗战时期清河区党政军机关所在地

东营市垦利黄河滩区的永安镇，旧称八大组。

1934年8月，黄河河口改道北移，这里安定，土质肥沃，垦荒者渐多。1935年，国民党山东省政府组织鲁西灾民4200人来此垦荒定居，每两百人左右编为一个大组，这里正是第八大组，因而更名为八大组。随着外地移民的不断迁入，八大组逐渐发展为垦区中心集镇。

1936年，国民党山东省政府主席韩复榘为鼓励他的退伍"功劳兵"在这里安居，将八大组改为"永安镇"。1941年8月底，杨国夫司令员指挥的八路军山东纵队解放了八大组及其周围地区。9月，在这里建立了中共垦区工作委员会和垦区建设委员会。原驻外地的中共清河区委、行署、清河军区司令部及其后勤机关也相继移驻永安镇。永安镇居住人口由原来的一千多人猛增到三万余人，成为垦区的政治、经济、文化中心。1942年至1943年间是抗日战争最艰苦的时期，整个清河平原根据地被日伪军分割蚕食后，以永安镇为中心的垦区根据地就成了清河军民坚持抗日游击战的可靠后方。

这里走内陆可达胶东军区，海路可到冀鲁边区，是南北联络的枢纽。这里纵横百余里，荆林芦苇茂密，是开展游击战的天然屏障；盛产粮、棉、鱼、盐等，为根据地提供了充足的物质保障；军区后勤部下属的医院、印刷厂、被服厂、兵工厂等单位，为打破敌人的经济封锁、保证后勤供应起到了巨大的作用。这里生产的粮、棉、武器弹药等重要物资，不仅满足渤海子弟兵及后方机关需用，还源源不断地运往胶东、鲁南支援其他抗日根据地。为此，以八大组为中心的垦区抗日根据地成为日伪军的眼中钉、肉中刺，多次派重兵"围剿"。

1943年冬季的二十一天"大扫荡"期间，垦区抗日根据地经历了严峻的考验。当时，日伪军两万五千多人，出动飞机、坦克，从南、西、北三面围剿垦区，扬言"踏平共军老巢"。这次"扫荡"，日寇实行惨无人道的"三光"政策，疯狂屠杀抗日军民。我驻永安的后方机关，化整为零，利用海滩荆丛与敌人周旋。我主力部队则分内、外两条线作战，外线作战部队插入敌后打击敌人，减轻根据地的压力；内线作战部队则化整为零，化装隐蔽，采取"地雷战""麻雀战""车轮战"，闹得敌人坐卧不宁，当时流传一首赞"游击战"的诗："坚壁清野饿死鬼，填井染水渴死狼。袭扰战法疲日寇，麻雀战术弱胜强。"垦区人民用血肉筑成了钢铁长城，保卫了抗日根据地，赢得了抗日战争的最后胜利。

斗转星移，岁月如梭，八大组的革命精神历久弥新。如今的永安镇发扬垦区艰苦创业精神，在社会主义康庄大道上迅猛前进，昔日闻名遐迩的革命根据地，如一颗璀璨夺目的明珠，在黄河三角洲大地上放出新的光彩。

"二十一天反'扫荡'"胜利总结大会现场

4. 耀南剧团

烽烟滚滚唱英雄

抗日战争时期，清河平原上曾活跃着一支八路军部队文工团，他们以精彩的文艺演出，生动的政治宣传，密切联系群众、艰苦奋斗的优良作风，给根据地军民留下了难忘的印象。

耀南剧团成立于 1938 年，原名八路军山东抗日游击队第三支队宣传队，后改为清河军区宣传队。为纪念 1939 年 6 月在桓台县牛王庄战斗中光荣牺牲的三支队司令员马耀南，清河军区于 1940 年决定将这支革命宣传队伍命名为"耀南剧团"。

耀南剧团一直跟随清河区主力部队转战于各抗日根据地。1941年，垦区解放后不久，耀南剧团随军区后方机关迁入垦区开展工作。当时的垦区思想十分落后，许多老百姓信神信鬼，天旱了求龙王降雨，有病了请神汉巫婆祛灾，遭遇不幸时就烧香磕头、占卜算命，迷信之风影响着抗战、生产、减租减息等各项工作的深入开展。针对这些情况，耀南剧团专门排演了京剧《童女斩蛇》和话剧《两个神》，在垦区群众中引起了强烈反响。每到一地演出，观众就纷纷议论："这戏演的就是某某村的某某人，什么神灵附体，降妖捉怪，全是骗人的鬼把戏，今后再不信他们那一套了……"

　　在战火纷飞的环境里，剧团演职员时而集中，时而分散。一遇敌人"扫荡"，他们就化整为零，换上便衣，和群众一起生活。情况稍有好转，他们又集中起来，排练节目，宣传抗战。在革命战争年代里，他们养成了雷厉风行的作风，工作节奏非常快捷，有时演员们在行军路上对台词，宿营后马上就开始排练，当天晚上就能演出。在日寇"扫荡""清剿"最残酷的日子里，耀南剧团为激励抗日军民坚持抗战，永不妥协，在垦区八大组一带赶排了大型古装话剧《李秀成之死》。演出大戏本来就麻烦，垦区各方面条件又差，他们遇到的困难就更多。为筹借服装、道具，剧团工作人员三下博兴，才备齐了所有行头。十冬腊月，天寒地冻，演员们化妆时冻得手拿不住眉笔，油彩用火烤了才能抹到脸上，有的演员在台上冻得发抖，但大家没有一个人叫苦。经过紧张的筹备、排练，该剧演出获得了巨大成功。

耀南剧团演出歌剧《白毛女》

在垦区，耀南剧团先后排演了《铁蹄下的孩子》《四·一二大活报》《讨伐归来》《双寻夫》《上冬学》《重逢》《皇协军》等剧目，深受垦区人民欢迎。

除了演出，剧团还深入群众之中，教唱抗日歌曲，宣传我党抗日民主政策。1943年冬，日寇在二十一天"大扫荡"之后吹嘘说："共产党的老巢被摧毁了，八路军被赶进大海里去了。"为揭穿敌人的谎言，清河军区首长指示耀南剧团深入敌占区进行武装宣传，扩大影响，增强人民群众的抗战信心。一天，剧团的同志跟着一个连队，以黄河大堤为掩护，行军二十多公里，来到了离陈家庄鬼子据点只有三公里远的台子庄演出。在三岔路口的关帝庙前，演员和战士们排成方阵，放开嗓子演唱抗战革命歌曲。群众边听边唱边点头，一些围观的青年和儿童竟情不自禁地一句一句跟着学唱起来。唱到节骨眼上，剧团的同志抓住时机，向群众宣传说："乡亲们！中国亡了没有？没有！日本鬼子'大扫荡'把咱八路军消灭了没有？没有！乡亲们，小鬼子长不了，抗日一定能胜利……"在场的观众群情振奋，热烈欢呼。

耀南剧团通过形式多样、内容丰富、人民群众喜闻乐见的演出和教歌活动，活跃了垦区军民的文化生活，提高了大家的政治思想觉悟。

5. 清河三杰

甘洒热血为人民

清河区是山东抗日根据地的重要组成部分。清河区的马耀南、杨国夫、李人凤对清河区抗日根据地的创建和巩固做出了突出贡献，被称为"清河三杰"。

马耀南（1902—1939），山东省长山县人，北洋大学毕业，爱国志士。1937年12月，参加领导黑铁山抗日武装起义，建立了清河平原上中国共产党领导下的第一支抗日武装——山东人民抗日救国军第五军（后改编为八路军山东纵队第三支队），马耀南任司令员。他以身许国，奔走呼号，是鲁北地区抗日救国的一面旗帜。他的两个弟弟马天民和马晓云在他的影响下也参加了八路军。广大民众对马氏三兄弟深深拥戴，鲁北平原流传着一首动人民谣：

一马三司令，得了抗日病。

专打日本鬼，保护老百姓。

马耀南虚心向有军事斗争经验的廖容标、杨国夫等八路军干部学习，迅速由一位爱国知识分子转变为共产主义战士、军事指挥员，成为清河区人民抗战的杰出代表。他率领部队积极打击日寇，克长山、袭张店、破铁路、拆桥梁，小清河打汽艇，刘家井激战，司家庄伏敌，威震鲁北，令敌胆寒，极大鼓舞了清河平原人民的抗日斗志，起义部队也迅速扩大。

1939 年 7 月 22 日，马耀南、杨国夫率部东进，在桓台县牛旺庄突遭日伪军包围，突围时中弹英勇牺牲，年仅三十七岁。他的两个弟弟也在抗战中先后为国捐躯。

1943 年 7 月 7 日，在垦利县八大组举行了新落成的马耀南烈士纪念碑揭幕典礼，清河区司令员杨国夫等讲话。这年冬天，纪念碑被前来"扫荡"的日寇砸断，后被修复，现被移到黄河口烈士陵园。其碑正面镌刻：

气壮长白山，历经百战敌胆寒。

血溅小清河，慷慨捐躯志长存。

李人凤 (1911—1973)，原名李本厚，山东省临淄县（今淄博市临淄区）皇城镇南卧石村人。1938 年，加入中国共产党，是创建渤海抗日根据地政权的主要领导人之一。

1937 年 10 月，日寇侵入山东，军阀韩复榘不战而逃。李人凤毅然带领从未打过仗的"学生志愿军训团"奔赴胶济路沿线迎击日寇。这是日寇侵入山东境内后在胶济线上遭到的第一次正面打击，揭开了清河平原抗日游击战的序幕。

此后，李人凤带领这支部队转战清河平原，经常英勇机智地深夜袭击反动地主武装，缴获武器，与敌伪顽展开了针锋相对的斗争，赢得了广大人民群众的拥护和支持。随着战斗的开展，李人凤领导的这支队伍逐步发展壮大，由两个中队很快扩大为九个中队、一个特务连和一个炮兵连。1938 年 7 月，李人凤被任命为八路军山东纵队三支队十团团长。1939 年，李人凤参加当地著名的刘家井战斗，不久被任命为八路军山东纵队三支队副司令员，同司令员杨国夫、政治委员霍士廉等同志一起，战斗在广阔的清河平原上。

1940年5月，清河区行政专员公署成立，李人凤兼任专员。仅1942年就安置垦民10万人以上，开荒47万亩。几年下来，在垦区内征收公粮800多万斤，收回公田租粮197万斤。在清河、渤海行署工作期间，李人凤表现出卓越的组织才能，团结带领军民在艰苦卓绝的斗争中，剿匪、灭蝗、支前、发展生产，为根据地建设做出了巨大贡献。

杨国夫（1905—1982），安徽省霍邱县人。1938年6月，他奉命从革命圣地延安来到清河区开展抗日游击战争。作为一名军事经验丰富的红军干部，杨国夫与马耀南、霍士廉等并肩战斗，整编扩充革命队伍。他们先将一部分政治基础较好的队伍编成一个营，又扩大为一个团。然后又编成了第七、第八、第十团和寿光独立团。在整编过程中，对那些政治上动摇的部队，杨国夫不顾个人安危，亲自做争取说服工作。1939年9月开始，杨国夫历任八路军山东纵队三支队司令员、清河军区司令员、渤海军区司令员。他指挥有方，善打恶仗，亲自指挥了解放义和庄、攻克田柳庄等重要战斗，打出了威名，成为清河区群众无人不晓、令敌人闻风丧胆的传奇将军。

1943年夏季反"蚕食"战役中，杨国夫率军利用敌人矛盾，采取各个击破的战法，连续打了四个胜仗。同年冬季，又取得了粉碎日伪二十一天"大扫荡"的胜利。1944年8月，杨国夫亲自指挥了解放利津城的战斗，利津成为抗战时期山东全境解放的第一县。

1945 年 10 月初，杨国夫奉命率部挺进东北，成为东北民主联军的一支劲旅。至此，在清河平原战斗了七年多的传奇将军杨国夫司令员离开了渤海湾畔这片革命的热土。

6.二十一天反"扫荡"
艰苦卓绝的清河区保卫战

1943 年 11 月 18 日，日本驻华北派遣军总司令冈村宁次亲自策划、日军驻山东最高长官喜多亲自指挥，纠集日伪军总计 2.6 万人对清河区抗日根据地进行了长达二十一天的拉网式合围"大扫荡"。

11 月 17 日夜，日伪军从惠民、张店、益都、潍县等地，兵分三路大举向广北垦区抗日根据地进犯。西自利津城，东至海滨，南自小清河，北至利津县陈家庄，用"拉网"战术、"梳篦"手段和"三光"政策进剿。18 日拂晓，日伪骑兵、步兵、快速纵队两万余人从西北、西南和东南三面袭来。

18 日清晨，日伪军首先对清河区党政军机关驻地北隋、牛家庄一带"扫荡"。我军区司令部决定，军区直属团第三营阻击日伪军，其他部队沿着抗日沟向东北方向的辛镇、沙营、六户一带转移，跳出了日伪军的第一个合围圈。日伪军当日下午在辛镇一带布下第二个合围圈，并从羊角沟等据点增调来三千余名日伪军配合行动，形势异常严峻。

我军向东行至荒洼地带后，遇到康元正夫妇，两位老人倾其所有为部队做了一顿粥饭。军区首长在老人的小屋里反复研究对策，将主力部队分散转移。

第二天一早，日伪军东进合围垦区根据地时，在永安镇陷入地雷阵，大队长身亡。日军找不到八路军，气急败坏，将永安镇外的两座抗日烈士纪念碑推倒砸烂，然后，对各地进行反复"清剿"，并在黄家油坊、朱家屋子等地设立了临时据点，实行了惨无人道的"三光"政策，共杀害抗日群众1500人。

第五日，已经跳出日伪军包围圈、正驻扎在利津县西北部小麻湾村的垦区独立团二营四连，突然遭到日军骑兵第四旅团千余人的包围。第四连六十余名指战员奋力突围。最后，全连指战员大部牺牲。

第六日，天未亮，八路军清河军区垦区军分区独立团二营六连离开明集乡马镇广村，向南部转移。这时，日军骑兵第四旅团一部来到这里，两军展开遭遇战。由于双方力量悬殊，六连立即向北张村撤退。日军紧追，在北张村西侧双方展开战斗。六连连长王普安命二排排长贾文修率一个班进行火力掩护，其余部队撤至北张村土围墙西门以内。日军强攻不成，便改变进攻策略，一部分人马正面强攻，另一股骑兵二百余人，绕到北张村的土围墙东门，从村内插入，从背后袭击。六连战士腹背受敌。战士尹凤君杀死两名日军后壮烈牺牲；战士孙长龄拉响最后一枚手榴弹，与日军同归于尽；连长王普安的左腿被日军的枪弹打断，侧卧着身子击毙三名日军后以身殉国；司务长老李没有武器，就从烈士的身上摘下枪弹同日军拼杀；卫生员刘展英负伤后被日军抓住，怒斥日本鬼子,被鬼子兵残暴活埋……这次战斗杀伤日军160余人，战马100余匹，击毙日军指挥官山野大佐。八路军六连指战员除樊宝生、贾文修等十多人脱险外，连长王普安、指导员李杰三等七十二名英雄战士壮烈殉国，史称"北张七十二烈士"。

刘其人、徐斌洲、袁也烈等人指挥内线作战部队，运用"地雷战""麻雀战"，打得日伪军昼夜不安，最后狼狈逃窜。反"扫荡"二十一天，清河区八路军共对敌作战230次，毙伤日伪军600余人，炸毁汽车30多辆、火车1列，击落敌机3架。此次反"扫荡"斗争胜利后，清河军区在八大组召开了总结大会，山东军区司令员罗荣桓传令嘉奖清河区军民。

7. 血战三里庄

为有牺牲多壮志

三里庄位于垦利、广北、博兴、蒲台四县交界处，是进出垦区抗日根据地的咽喉要地。庄东南便是清河军区机关常驻地北隋、牛庄。早在1941年8月，国民党保安十六旅三团团长成建基趁我军主力挺进垦区的机会，在三里庄修建了中心据点。成建基率部投靠日寇并被改编为"武定道剿共军独立旅第二团"后，这里成了封锁黄河东段和蚕食广北抗日根据地的桥头堡。三里庄据点围墙高六米，顶宽三米，上部是走廊形双层夹道，夹道内密布暗堡，向里冲外都有枪炮口，可掩护射击；围墙四角和四门上各筑有一座炮楼，配有轻重机枪，居高临下，易守难攻。墙外，有两道深五米、宽三米的壕沟，上面加了铁丝网。成建基狂称三里庄据点"固若金汤"。八路军曾于1941年11

月至 1942 年 9 月三次攻打三里庄据点，但均未成功。

1943 年 5 月 28 日晚，八路军清河军区直属团和特务营对三里庄据点发起第四次攻击。直属团三个营从四面八方一起进攻，敌人一时分不清我军的主攻方向，只得分散兵力,拼命还击。

二营五连连长王子玉见敌人摸不清我方的主攻方向，便与副连长徐纪温商量，决定用调虎离山计，把敌人的注意力转移，然后趁机突破。先是在主攻点南边一百多米处佯攻，趁敌人注意力转移，破铁丝网组和架桥组迅速靠近敌人的铁丝网和壕沟。与此同时，七班在北边一百多米处佯攻。徐纪温带领爆破组冲了上去。但是，爆破组遭到了敌人的疯狂阻击。两名爆破队员相继牺牲，身负重伤的徐纪温抱起炸药包挣扎着冲上去，英勇牺牲。这时候已是 29 日凌晨 3 点钟。

清河军区司令员杨国夫和副政委刘其人等分析认为，天亮前如拿不下三里庄，西边许家据点的日军必然出兵增援，我军将陷于前后夹击的不利态势，必须撤出战斗。直属团团长郑大林、政委孙正立即派通信员将这一指示传达给前线指挥员。二营营长张冲凌与教导员韩万煜向五连下达了命令：一定要在天亮前炸开三里庄围墙。

在猛烈火力掩护下，爆破队长侯登山接近了三里庄东边一段单层围墙。他拔出刀子在墙上剜窝，踩着窝，挟着炸药包，身子紧贴着墙向上爬，当爬到三米多高时，被敌人发现，机枪连续向他射击。五连集中全部火力将敌人的火力压制下去。侯登山想把炸药包放在他用刀子剜出的窝里，可是窝太浅，根本放不进这四五十斤重的炸药包。他回头看了看，用自己的胸膛把炸药包紧压在围墙上，毅然拉着了导火索。随着一声巨响，三里庄围墙炸开了一个大口子。八路军指战员迅速冲进去，经过一番激战，解放了三里庄。

这一战，彻底摧毁了敌人在垦区抗日根据地边沿的重要战略据点，是清河军区反蚕食斗争的一个重大胜利。

8. 义和庄战斗

开辟垦沾抗日根据地

1941年初，清河区党委、八路军山东纵队第三旅做出了向黄河以北进军，打通清河与冀鲁边区两区联系、创建垦区抗日根据地的决定。第三旅主力部队北上，遭到了长期盘踞垦区的国民党鲁北行辕主任何思源的极力反对，在与其谈判破裂后，清河区党委第三旅指挥部决定渡过黄河，直捣何思源的老巢沾化县义和庄。

1941年6月，何思源组织的"剿共联军"在广饶战败后，退至义和庄、太平镇、老鸹嘴一带，构筑工事，据险固守，企图切断八路军清河区抗日根据地与冀鲁边区抗日根据地的联系。义和庄是其防守重点，四周筑有四米高、上顶三米宽垛口的围墙，围墙外有宽六米、深四米的封锁沟，沟底有密密麻麻的尖木桩和耙齿，只留六个大门设重兵把守：张俊亭团把守东南角，张德功团把守西南角，成建基营把守东北角，鲁北保安副司令张新阶率一个团和指挥部亲守西北角,守军共三千余人。

9月28日下午，八路军山纵三旅副旅长杨国夫率一团一营、二营、特务营、骑兵连进驻义和庄附近的王集村、小河村、梁家围子、蒲台村。29日晚8时，攻击开始。一营主攻东南侧，张俊亭团点燃浇上煤油的棉被，扔出墙外，照明固守。一营强攻受挫，被迫停止进攻。30日，何思源从阳信调来王富成团增援，当王富成团突然袭击八路军一营一连阵地时，围墙内张俊亭团也趁机出击。经过一场激战，张俊亭退回龟缩，王富成窜往老鸹嘴。

10月1日下午，王富成团和李子文水上保安团奉何思源之命，兵分两路向义和庄方向急进。王富成团从西路进入义和庄内，协助成建基防守东北角。李子文团从东路向王家集方向绕进，企图抄袭八路军后路。八路军特务营二连对李子文团进行正面阻击，骑兵连和一营从左、右两翼夹击，霎时，李子文团大乱。骑兵连歼敌一部后，追敌十余里，击毙团长李子文，其残部狼狈逃窜。此时，山纵三旅七团三营已经赶到，旅部立即调整兵力部署，改主攻东南角为主攻东北角。特务营担任主

1945年，杨国夫司令员在拥军参军大会上

攻，一营在东南角、二营在西北角、三营在西南角同时佯攻配合。2日晚10时，总攻开始。特务营一连一排首先登上围墙，一、二、三营从东、南、北方向攻入庄内，敌阵大乱，纷纷缴械投降，张新阶及诸首领从西北门夺路逃跑。驻老鸹嘴的何思源及其所率军队也不战而逃。

这次战斗，共毙伤、俘虏敌军 1000 余人，缴获各种枪 1000 余支（含两挺机枪），战马 100 余匹，粮食及其他物资一大批。此战后，立刻开辟了垦沾抗日根据地。

9. 商家连

整连壮士都姓商

抗日战争时期，山东清河区有个 122 人的连队，全部来自同一个村庄，而且是同宗同族。在大参军的现场，一杆"商家连"的大旗，在铁血黄河口迎风招展。

1943 年农历十月二十八发生的一件事，彻底引爆了西商人民的抗日怒火。这一天，正好是西商集，清河区九区区委书记李梦夫、区长张浩然、组织委员王佩珍等人在西商村开会。因汉奸告密，当晚日伪军突袭西商村。在群众的掩护下，李梦夫、张浩然成功脱身，西商村村长商乐俭、商如弼和副区长张陶村被捕。但严刑拷打并没有使他们屈服，敌人费尽心机却一无所获，气急败坏地砍下了村长也是族长商乐俭的头。

家仇国恨激起了西商村人民同仇敌忾的决心。当九区干部王佩珍等来到西商村传达上级党委关于大参军的指示精神时，全村掀起了参军热潮。恰巧临近的周家村发出"全村参军一个连"的挑战书，新任西商村村长商恩波欣然应战。

十九岁的商景修一心参军，但其父亲早年离世，母亲一手把他抚养大，又刚帮他操办了婚事，他母亲说什么也不同意他参军入伍，他于是请正月十二刚迎娶的新媳妇温庆花帮忙说和。最终商景修的母亲被说服，商景修成为一名光荣的八路军战士。当时的情形真正是父送子，妻送郎，兄弟争相上战场，最后一尺布，用来缝军装，最后一碗米，送去做军粮，最后的老棉袄，盖在担架上，最后的亲骨肉，送他上战场。很快，全村报名青年 122 名，实现了"全村参军一个连"的庄严承诺。正月十六，渤海军区司令员杨国夫、渤海区参议长李植庭、行署主任李人凤等为每名勇士披红挂花。杨国夫亲自把"商家连"的红旗交到了连长的手中，战旗飞扬，鼓声震天，从此，"商家连"三个大字，永远地刻在了人们心中。

商家连成立的第二天就开赴了战场，第一场硬仗是离家乡百里的高青县九湖战役。商家连战士视死如归，商宝珠、商名坤、商强铭壮烈牺牲。商景修也在不久后的禹城战役中英勇牺牲，年仅二十岁。妻子温庆花强忍悲痛，掩埋了丈夫，没向政府提任何条件，尽心竭力照顾婆婆。多年之后，人们将商景修的事迹编成吕剧《光荣人家》，至今传唱不衰。

抗战时期，商家连与日寇作战三十余次。解放战争时期，商家连先后被编入华野十纵二十八师、山东纵队七师、华野二十八军八十二师等部队，参加辽沈、平津、淮海三大战役以及济南、渡江、上海和解放海南岛等大小战役战斗五十余次。

在孟良崮战役中，商家连战士浴血奋战；在三打邹平战斗中，被授予"爆破英雄"称号；在解放四平战役中，商义泉深入敌后，四进四出，带伤完成侦查任务，荣立二等功；在枣庄战役中，商德福只身缴获敌坦克一辆，获得"华东二级战斗英雄"称号。商德福亲自驾驶这辆坦克，参加了开国大典的大阅兵。这件珍贵的战利品，也被中国人民解放军坦克博物馆永久收藏。这支122人的连队，46人立功受奖，26人伤残，18人为国捐躯。追随商家连的足迹，商敦厚、商培功带领三十多名民兵，组建了广北九区支前担架队、小推车队，一路随军南下。

1950年，商家连十二名战士又积极响应党中央，入朝作战。在这场伟大的保家卫国战争中，有七名商家连战士血洒疆场，商西京、商怀富等至今仍长眠于金达莱花盛开的异国他乡。

从抗日战争、解放战争到抗美援朝，血染的商家连旗帜在烈火中飞扬，彰显着商家连壮士对祖国的赤胆忠诚。

商家连

10. 周家连

族谱流芳的英雄番号

1944 年冬，根据渤海区党委的统一部署，一场轰轰烈烈的大参军活动，在广北地区展开。

据民兵连长周明鉴老人回忆，1945 年 1 月 17 日，他和村里的代表周松常、周建帮三人，每人背着一床薄被子，摸黑走了一夜路，参加全县党政军民参军动员大会。十冬腊月，晚上冻得睡不着觉，可他们心里却像揣着一团火。一想起抗日战争即将胜利的大好形势，一想起即将参加八路军，就兴奋异常。回村后，在参军积极分子的带动下，群众的情绪越来越高涨，农民夜校、识字班、妇救会等群众组织，也都开展了动员参军挑应战竞赛。老年人主动在各种场合做忆苦思甜的对比教育；文艺宣传队把新人新事编成了顺口溜，见人就说，逢人就唱。周家村参军报名地点设在村公所，整天人来人往，出一屋进一屋，争先恐后。当省里得知参军的热情高涨，有可能影响农业生产的时候，要求各区对报名农民进行严格的身体和成分审查，可通知根本没用，参军的战士是完全自觉自愿的，要求"非干不可"，渴望到主力部队一显身手。

周宜举先生将两个儿子周立祥、周立家送上抗日战场；周心和老人鼓励两个儿子周维邦、周德邦上战场杀敌；周兰芳老人积极支持两个儿子周寿昌、周治昌参加八路军，树立了"一门双英雄"的楷模；周诵长带领儿子周连堂上战场，谱写了"父子同英雄"的佳话；刘荣华新婚蜜月就奔赴抗日前线，后来英勇牺牲；周凤吉、周殿阶当时已年过四十，义无反顾地奔赴战场。

送子参军的队伍中，有一妇女田氏，丈夫在"大扫荡"中被日寇杀害，党组织考虑到她只有独子，不同意她儿子参军。田氏说："四二年冬天'大扫荡'，鬼子把我儿子绑到椅子上，架到火里烧，要不是八路军及时赶来，他早就烧死了。他这条命是八路军给的，就应该当八路去！活下来是他的造化，牺牲在战场上，那是他的光荣！"

不到三天，一千多人的周家村，就动员了一百多人报名参军，落实了九十九人，加上邻村二十余名青壮年，组成了一个完整建制的连队。

1946—1947年间，周家连加入主力部队，解放了临淄、滨县、惠民、德州、禹县、平原、博兴、广饶、寿光等地，参加了著名的孟良崮战役、济南战役。1948年秋，周家连编入华东野战军渤海纵队七师，先后参加了淮海战役、渡江战役、上海战役。此后，周家连被分别编入"三野""四野"。其中，"三野"的周起宽等同志参加了福建战役和金门战役，"四野"的周兴阶等同志参加了解放海南岛的战役。

战争的硝烟早已散去，但商家连、周家连的光荣传统仍在，从西南边陲到东部海防，从北国边疆到茫茫南海，从大漠深处到边关哨所，到处都有商家连、周家连后人的身影。而商家连、周家连精神，已经在东营大地生根发芽，开花结果，这种精神支撑起我们的生命、信念和全部的世界。

周家连

（二）革命英雄彪炳史册

1. 刘子久

坐穿牢底志不移的铁汉

　　永远追寻光明是他不变的方向，永远坚持真理是他无声的呐喊，他就是刘子久，我国早期革命志士。刘子久1901年出生于山东省广饶县刘集村的一个农民家庭，毕业于青州的山东省立第十中学，他积极追求进步，是当地最早的共青团员之一，1924年9月就加入了中国共产党，为革命奉献了一生。

　　刘子久参加革命后，先后在胶济铁路沿线的济南、淄博、青岛等地从事工运和农运工作，担任过"支联"书记、省委农运部部长、中共山东地方执行委员会委员等职。1925年春节，刘子久借回家探亲之际介绍其堂兄刘良才入党，刘良才入党后又介绍刘英才等人入党，并随即建立了中共刘集支部。

1926年4月，刘子久率胶济铁路工人代表团出席了在广州召开的全国第三次劳动大会。大革命失败后，在他的带领下，潍县组建了第一支革命武装，又在诸城、安丘一带组织了贫民会，开展以"抗租、抢坡"为内容的"潍河暴动"。他还多次组织工人罢工，同反动派进行了英勇的斗争，从而扩大了党的影响，播下了革命的火种。1929年，刘子久被派往豫北、冀南、张家口、大同、绥北及北平等地，做党的地下联络工作，任党的中央巡视员、特派员。刘子久面对白色恐怖和国民党特务的严密监视，毫不退缩，在极端复杂和困难的环境中出生入死，多次被捕入狱。

第一次被捕是在北平。家中闻讯后，变卖良田二大亩七分（折合9.7市亩），刘子久的岳父田曰信典掉自己的榨油房，凑起钱来给刘英才去北平为赎出刘子久活动。通过各种关系的疏通，监狱当局同意具保外押。刘子久出狱后与刘英才住在天安门附近一户贫苦的市民家里，认了房东老大娘为干娘。几天后他俩都染上了痢疾，多亏干娘照顾才脱离了生命危险。恢复健康后，两人商量好乘火车一起回家。但刚出北京城，刘子久就下车找党组织去了。刘英才只好一个人回了家。刘子久的父亲是一个忠厚长者，通情达理，得知儿子的情况后说："由他去吧！反正我知道我的儿子是不会做坏事的。"刘子久最后一次被捕是1931年，敌人把他关押在北平军人反省院分院。这次入狱后，他写信给家里，让家人不要再去花钱求人。五年后，

经党组织营救，刘子久获释，出
狱后他没有回家又到河南开封找
党组织去了。

刘子久

1941 年 2 月，他和新四军第
四师师长彭雪枫领导了抗击国民
党顽军进攻的艰苦斗争，持续三
个月，完成了阻击国民党顽军东
犯华中解放区的战略任务。1943
年 10 月，中央再次指示刘子久赴
延安，参加党的"七大"。1944 年 11 月，刘子久任中共河南
区党委副书记兼河南军区、河南人民抗日军副政治委员。1946
年 1 月，调任中共中央中原局宣传部副部长兼中原民主建国大
学副校长。1947 年 5 月，任中原局委员兼民运部部长，7 月随
刘邓大军南下，回到豫皖苏区参加土改工作。1949 年 3 月，刘子
久到西柏坡，参加了具有重大历史意义的党的七届二中全会。

刘子久多次被捕，对党忠诚，矢志不渝，是一条铁骨铮铮
的硬汉。新中国成立后，刘子久曾任中国教育工会主席、中华
全国总工会书记处书记、劳动部副部长等职，为自己的理想奋
斗了一生。

2. 刘良才

一腔热血护"宣言"

白浪河八十余个春秋，仍在为一位英雄哭泣；刘集村八十

余载变革，仍在为这位英雄称道。他就是 1890 年出生于山东省广饶县大王镇刘集村、被广饶人民称为第一书记的刘良才。

1925 年春，刘良才为书记，刘英才、刘洪才为委员的中共刘集支部宣告成立。

刘良才经常以走亲访友、外出做木工或是讨账还债为名，在周围村庄开展党的活动。从 1926 年起，刘集党支部连续三个冬春开办农民夜校。夜校设在刘良才家场院的三间空房里，桌子由大家拼凑，凳子由学员上课时自带。刘良才用通俗易懂的方言向大家传授革命道理。在学习材料中，就有 1920 年 8 月出版的《共产党宣言》，刘良才将《共产党宣言》的道理吃透，讲给党员和群众听。他说：要想改变这个世道，就要"万国劳动者团结起来"！从此在这个表面平静的小村庄，越来越多的人聚集起来，如饥似渴地听，懵懵懂懂地问，悄悄地传播，

刘良才

周围村庄的墙上、村民的门缝里也常会留下"大胡子"说的道理。

1930 年 11 月，在上级党组织的领导下，刘良才团结带领党员、群众开展了反对苛捐杂税的"砸木行"斗争，打响了公开与反动政府斗争的第一枪。

1927 年，中共广饶县特别支部成立，刘良才任

书记。其间，他组织开办农民夜校，建立长工会、短工会、农会、童子军等组织，对地主开展"觅汉增资"活动，迫使地主为雇工增加工资。1932年秋，与坊子煤矿党组织负责人陈金声等人，组织领导了坊子煤矿一千余名工人两次罢工斗争，均取得胜利。

1933年7月13日，由于叛徒告密，刘良才在坊子集上被捕，敌人将其秘密押至潍县，先用酷刑，后又利诱，妄图从刘良才口中获得党的秘密，结果一无所获，最后竟强加以"土匪"罪名枪杀于潍县城白浪河畔，时年四十三岁。

3. 李耘生

碧血丹心雨花台

"为人民，头可断，血可流，志不屈。要在任何斗争中经得起考验！"这是时任南京特委书记李耘生被捕后在狱中对狱友说的一番话。在南京雨花台革命烈士纪念碑上镌刻着的烈士名单中，排在第一位的李耘生，牺牲时年仅二十七岁。

李耘生原名李殿龙，字耘生，1905年出生于东营市大王镇西李村。1923年10月，李耘生加入青年团。翌年1月，放弃学业，赴济南任团地委书记。2月，经王尽美介绍加入中国共产党。

1932年4月的一天傍晚，天异常的阴沉，由于叛徒告密，党组织又一次遭到严重破坏。李耘生被捕，关押在南京警备司令部看守所。狡猾的敌人把李耘生年仅两岁半的孩子抓去，孩子太小了，一见到李耘生，就抱住李耘生的腿高喊爸爸，李耘生完全暴露了身份。随后，敌人对他软硬兼施，百般利诱，酷刑拷打，逼他交代党的秘密，敌人对他说："现在摆在你面前的有两条路，一条生路，一条死路。只要你说四个字——愿意转变，就是生路。"李耘生斩钉截铁地回答说："共产党人为劳苦大众奋战求解放，这是我奋斗的目标。需要转变的是你们这一帮为蒋介石卖命、与人民为敌的家伙！"恼羞成怒的敌人对李耘生使尽了酷刑，被折磨得昏迷不醒的李耘生被拖进了牢房。

牢房阴暗潮湿，一间小屋挤着五个人，墙上只有一个碗口大的透气孔，屋子里恶臭难闻。但在这样恶劣的环境中，李耘生仍然坚持学习，他和狱友们阅读章蕴送来的革命书籍。为了抗议狱中非人的折磨，李耘生发动了绝食斗争，提出了"三不许"：不许烧霉米烂菜吃，不许克扣"囚粮"，不许打骂"犯人"。在他的领导下，绝食一天后，敌人迫不得已答应了那三个条件，斗争取得了胜利。从那以后，狱中表面平静下来了，然而敌人却在策划着新的阴谋。李耘生知道敌人可能要对自己下手了，托狱友转告妻子章蕴："革命事业，抚育儿女，两副担子，都请承担起来。"

1932年6月8日凌晨，看守所所长杀气腾腾地大喊李耘生。李耘生知道敌人要下毒手了，神情自若地脱下身上仅有的一件毛衣，整理好身边的书籍，深情地对狱友们说："我没有什么珍贵的礼物，把这件毛衣留给你们做纪念吧！"说完，与狱友们一一握手告别，从容地跨出牢门。

在雨花台刑场上，在生命的最后一刻，一个执法官假惺惺地问他："你要不要写家信？有什么遗嘱？"在生命的最后一息，李耘生愤怒地对敌人说："家信早已写好，遗嘱就是盼望亲人们与你们斗争到底！"敌人恼羞成怒，连连开枪。罪恶的子弹，穿过了李耘生的胸膛，鲜血染红了东方的朝霞，年仅二十七岁的共产党员李耘生，怀着对敌人刻骨的仇恨和对未来幸福生活的美好向往，走完了他短暂而光辉的人生之路。

4. 李竹如

一张大报写春秋

李竹如，山东利津县人，生于 1905 年 1 月 5 日，1927 年春加入中国共产党，并和进步同学集资创办了《竞进》周报，从此开启了作为一个革命宣传家的生涯。

1928 年五三惨案后，李竹如回到家乡，发动群众打倒土豪劣绅，后迫于反动派追捕重返南京，考进了中央大学。在抗日救亡运动中，担任中央大学地下党支部书记。

之后因南京地下党组织遭到严重破坏，他暂时到济南第一乡村师范任教。他一边教学一边办《今报》，但该报因国民党逮捕学生不能出版。他于是又去济南开办了《新亚日报》。在国民党反动势力的逼迫下，他不得不离开山东来到了上海。在上海李竹如办起了《文化报》。在"白色恐怖"下，《文化报》历经艰险依然坚持创办。1937 年 8 月 13 日，日本侵略军大举进攻上海。李竹如被迫离开上海，奔赴延安。他几乎没带什么行装，却带了一筒蜡纸、一块钢板、几支刻字的铁笔。在敌机轰炸下，铁路、公路断了，他便步行。途中，他把党的抗日救国主张油印成传单，沿途散发。

1938 年，他担任了晋冀豫区党委机关报《中国人报》报社社长。1939 年，担任中共北方局机关报《新华日报》（华北版）副总编辑。不久，他又调到朱瑞同志领导的太行文化教育出版社，任编辑部长，组织出版了《辩证法唯物论》《论持久战浅说》等书籍，并创办了反映抗日根据地军民斗争生活的刊物《抗战生活》。

1942 年秋末，日本侵略者在山东实行大规模"扫荡"。当时，山东党政军首脑机关都驻在滨海。为缩小目标，山东分局和一一五师留在原地，省军区和省政府（战工会）由滨海向鲁中转移。11 月 2 日拂晓，向鲁中转移的机关和部队北过沂水后，突然发现敌情，当接近对崮峪时，战斗打响了。我军抢占了对崮峪，与敌对阵。八千余敌人从四面包围，将我军压制在不过半里的山头上，敌人集中火力向我阵地密集扫射、轰击。

李竹如

在这种情况下，无论领导还是机关干部，都行动起来，投入战斗。李竹如长期做党政工作，不熟悉军事，但他在战斗中表现得沉着、勇敢，毫不畏惧。中午，在战斗间隙，他还谈笑自若地鼓励大家：坚持到天黑，一定会胜利突围。午后，大量敌人向我军发起一次比一次猛烈的攻击。我军弹药打光，用刺刀、石头与敌人拼杀，连续打退敌人八次进攻，一直坚守到黄昏。天黑后我军开始突围，李竹如被一颗子弹击中了头部，壮烈牺牲。

李竹如牺牲的消息，给山东人民带来了极大的悲痛。1943年5月4日，山东各界举行了追悼大会。《大众日报》头版发表了山东分局书记朱瑞《纪念李竹如同志，开展山东民主文化工作》的悼文，延安《解放日报》刊登了追悼大会的消息。

5. 延伯真

广撒火种为燎原

延伯真原名延寿璞，又名延白珍，1897年生于山东省广饶县大王镇延集村，1923年底加入中国共产党。1924年他迅速地发展寿光和广饶的共青团员和共产党员，为党在寿光、广饶早期活动撒下了种子。

1925年，国共合作时，延伯真被调往济南任中共山东地方执行委员会组织委员，同时在国民党山东省党部负责工农部工作。1926年2月，延伯真回到家乡，在农村开展党的工作。1927年，先后在平原县开展农运工作，在淄川煤矿做工运工作，后失掉组织关系。

九一八事变后，延伯真为了寻求抗日的出路，与共产国际远东情报局取得了联系。

日本帝国主义侵略中国以后，妄图占领东北，攻占苏联。由于东宁县位于黑龙江省的东南端，与俄罗斯的符拉迪沃斯托克隔海相望，地理位置很特殊，为此，日军在东宁县修筑了亚洲最大的军事要塞——东宁要塞。这也是第二次世界大战的最后战场，素有"东方马奇诺防线"之称。

延伯真和朋友王蓬一、王书焕与东宁县一家照相馆的姜延平合作，通过给日本人照相，窃取日军的情报。

从1931年到1938年间，延伯真在东宁和绥芬河一带搜集了许多日军军事和政治情报，为东北人民的解放事业做出了贡献。

延伯真能够心无旁骛，离不开爱人刘雨辉的默默付出。在东宁做情报工作时，延伯真公开身份是东宁县小学教员。他白天要忙于教学工作和建立联系，所有搜集到的情报，由延伯真粗打草稿，再由刘雨辉抄写清楚，或延伯真口述刘雨辉执笔。延伯真在传送情报前，都是由刘雨辉将情报密藏在他身上的。冬天的时候，她将情报缝到延伯真的棉衣、棉裤里；夏天的时候，由于衣物单薄不太好藏，她就缝进裤带或鞋里等。在她的帮助下，延伯真总能及时地将情报传送出去。

1946年，他们夫妻在哈尔滨参加了中国人民解放军，1949年，为党的事业奋斗多半生的延伯真和妻子刘雨辉重新加入中国共产党，1952年，转业到地方工作。1967年延伯真同志于沈阳病逝。延伯真同志为中国人民的解放事业所做出的贡献，人们永远都不会忘记，他的事迹，将永远铭刻在史册中。

6. 岳拙园

以身许党的清河英杰

岳拙园，东营市东营区岳家村人，他三岁丧父，十七岁丧母，依靠异母兄供养，得以入校学习。1929年10月，考入济南省立第一中学读书。时值大革命失败，从小寡言少语、刚直而富有正义感的岳拙园，阅读了大量进步书刊和马列主义小册子，积极探索国家民族兴亡的道路。

1931年九一八事变后，在党组织的领导下，岳拙园积极组织和参加了游行示威活动。12月，他又遵照中共山东省委的指示，奔走于各校，组织"赴南京学生抗日救亡请愿团"，成为山东学生运动的骨干。1933年1月，加入了中国共产党。1933年7月，岳拙园在济南火车站被捕。在国民党政府的高等法院，岳拙园被两次审讯。每次审讯，他都毫无惧色，慷慨陈词，申明自己反帝无罪、爱国无罪，反讥国民党反动派倒行逆施丧权辱国的可耻行径，弄得法官理穷词尽。最后岳拙园被以共产党员组织社团反对三民主义罪，押入济南第一监狱。岳拙园一进监狱就被砸上大镣，几个人关在一间小屋子里，吃的是霉烂的粮食，一天到晚不准讲话；至于看书写字，更是完全被禁止，还时常遭到打骂。为了改变这种人间地狱的生活条件，岳拙园和狱友一起组织开展了数次斗争。在一次争取生存权利、反对虐待犯人的绝食斗争中，他肺病复发，大口大口地吐血。可是，为了争取斗争的胜利，他视死如归，坚持绝食达五天之久，直至狱方答复了要求的条件，方才恢复进食。他的斗争意志和决心，连那些法西斯走卒们也不得不点头钦佩。

1937年七七事变后，国民党政府于当年10月宣布释放政治犯，岳拙园获释。出狱后，岳拙园即投入了抗日战争的戎马疆场。1940年9月，中共山东分局、八路军山东纵队决定将

岳拙园

清河区主力部队改编为山东纵队第三旅。岳拙园被任命为九团团政委。1941年1月，三旅九团在团长赵寄舟、政委岳拙园带领下，奉命进军垦区八大组，扫除了顽军及当地土匪武装。鲁北行署主任何思源，唆使其属下周胜芳、张景南等勾结日伪，组成七千人的"剿共联军"，南北夹击，妄图聚歼我军于广北地区。岳拙园率领的三旅九团在广饶东北的东、西水磨村，一举将进犯之敌击溃。

1942年2月，根据中央军委指示，八路军山东纵队第三旅改编为清河军区。岳拙园被任命为清东军分区政委兼清东独立团政委。9月，日军向清水泊根据地"扫荡"，我军陷入敌人重重包围之中。岳拙园带领清东独立团根据"敌进我进"方针，向牛头镇东北八棵树猛插，从常、宋二庄突出重围，又一次粉碎了敌人的"扫荡"。10月15日，日军第六混成旅团长幡井集结日伪军七千余人，采用"铁壁合围"战术，分四路"扫荡"清水泊根据地，将清东独立团、军区直属三营及寿光县大队包围。清东独立团在寇、李二坞陷入重围。清东独立团与敌人展开肉搏战，打死打伤日伪军两百余人。但我军也受到重创，政委岳拙园突围时身负重伤，住进了医院。

1943年1月，岳拙园伤愈出院，又奔赴反"扫荡"的战场。1945年9月，岳拙园被任命为渤海区四地委书记兼四军分区政委。正当他带领全区人民迎接全国解放战争胜利的时候，由于战争的艰苦生活严重摧残了他的健康，他积劳成疾，不幸于1946年5月28日病逝，年仅三十五岁。

7. 郭景林

坚贞不渝的革命妈妈

郭景林，1898年出生在利津县明集乡。十七岁那年她嫁给了北张村短工崔同元，夫妻二人靠给地主扛活来养家糊口。有一年家乡流行霍乱病，因无钱求医，郭景林的母亲等八位亲人相继去世，婆婆和丈夫也染病死亡。二十九岁的郭景林一人担起了抚养子女的重任。她领着三个孩子背井离乡乞讨了十几个春秋。

1943年开始，利西区妇救会主任张林同志，在利津县北部开展党的地下工作，郭景林为了掩护她，对外说张林是她的干女儿，让她住在家里，帮她打扮成农村姑娘，到附近各村开展抗日活动。

1943年春季的一天，郭景林的长子崔光东背回家中二斗高粱，郭景林见物生疑，当即严厉质问："儿啊，咱人穷志不穷，不能做见不得人的事！"崔光东回答："娘，吃吧，这是八路军救济的。"郭景林一听，知道儿子光东同八路军有了联系。此后，崔光东和郭景林相继加入中国共产党，参加抗日工作。郭景林担任地下交通员，往返于马镇广、望参门、郑家等村地下组织之间。她家成为中共沾利滨工委和利西区委领导

郭景林

成员的活动场所与联络点。

1943年冬，日军对清河区根据地进行灭绝人性的二十一天"大扫荡"。12月6日，垦区军分区独立团二营六连与日军骑兵部队在北张村西发生恶战，因敌众我寡，七十二名英勇六连战士在顽强拼杀后，壮烈牺牲。北张战斗刚结束，郭景林便带着妇救会成员，在横七竖八的尸体当中搜寻，血泊中发现了呻吟呼救的七名伤员。她冒险把伤员背回家中，给大小便不能自理的伤员端屎接尿，对饮食困难的伤员，做成稀粥用芦苇管嘴对嘴地喂饭，像对待自己的儿女一样。伤员感动得潸然泪下。后来地方党组织派人将伤员转送后方医院。中共沾利滨工委书记王墨林要付给郭景林报酬，她分文不要，说"这是我应该做的"。

1947年，郭景林的长子崔光东、次子崔光亭先后为革命牺牲。当烈士崔光东的尸体运回北张村时，郭景林忍着极度悲痛，对大家说："光东、光亭为革命牺牲，死得光荣！"

新中国成立后，她曾任明集乡妇联主任、公社党委委员，被选为一至八届县人大代表，两次出席山东省妇女代表大会。干部群众尊称她为"革命的妈妈"。1978年12月28日，郭景林病逝于利津人民医院。

该区从事党的地下工作的张林赋诗悼念："早年孤孀异

乡漂，凌辱受尽志增高，坚随革命献双子，忠魂为党上九霄。"

2018年10月，九十三岁的崔光秀老人，回到家乡利津县明集乡北张村，在别人的搀扶下来到一座老房子面前。她此行的目的，就是为这所故居纪念馆揭牌。这所房子在烽火连天的战争岁月里，成为中共沾利滨工委和利西区委领导成员开展抗日斗争的联络点，房子的主人，就是她的母亲郭景林。

8. 盖希云

受到毛主席接见的"爆炸大王"

20世纪80年代的东营市酿造厂里，有这样一位衣着朴素的仓库保管员，十几年孤身拉扯着一双儿女默默无闻地做着最普通的工作。如果不是张太恒上将苦苦寻找他的老战友盖希云，没人知道她是"爆破大王"盖希云的遗孀。因为这位坚强的妻子始终牢记着英雄那句话："部队里的事不要跟别人说……"

1925年，盖希云出生于山东省垦利县郝家镇黄店村的一个贫农家庭，1945年参加八路军，被分到当时渤海军区特务营三连爆破班。盖希云苦练爆破技能和杀敌本领，快速成长为一把刺入敌人心脏的尖刀，并为团队培养了四百多名爆破员。

1945年9月17日，无棣战役最后攻城的紧要关头，猛烈的炮火打得无棣城头砖石乱飞，盖希云带领爆破组用炸药包把残存的火力点一个个炸飞，又迅猛地直扑阻绝壕，边行进边爆破，为冲击部队开辟了三十多米的通道。关键时刻他不顾个人安危，夹起一包二十五公斤重的炸药包冲到了城门上，一拉导火线，无棣城南门被炸得四分五裂。趁着硝烟，战士们闪电般扑入南门，冲进敌司令部，无棣城被解放。啃骨头、拔钉子，当先锋、打头阵——这就是他，一个始终冲锋在前的战士。

在1946年的济阳战役中，他表现得更是让人震惊难忘。当时盖希云已经多处受伤，他拖着受伤的身体，一把从副营长宋家烈手中夺过炸药包冲了出去，敌军的炮火跟疯了一样射来，手榴弹、枪弹像雨点似的落在英雄身后。盖希云将生死置之度外，抱着必死的决心冲向了桥头，深一脚浅一脚，最终将炸药包送到了地堡上，成功实施了爆破。在战后的庆功会上，盖希云因为勇猛作战，被评为特级战斗英雄。

其后，盖希云参加过邹平战役、孟良崮战役、淮海战役、上海战役等一百二十多次战斗。1950年，盖希云参加全国第一届英模大会，受到毛主席亲切接见。

盖希云一生出生入死，立下赫赫战功却始终以一名普通士兵自居，在和平年代里深藏威名和战功，即使在战斗中先后负伤十一处也从未向国家要过救济。1966年，盖希云病逝，享年四十二岁。当时他的儿子两岁，女儿刚出生两天。他的妻子王光秀一直珍藏着他的遗物，2020年郝家镇建设盖希云纪念馆，王光秀将一条皮腰带的腰带扣和四枚肩章郑重地递到了纪念馆负责人手上，现在它们都陈列在纪念馆中。

经历战火的淬炼、世事的变迁，四枚肩章已破损，腰带扣已锈迹斑斑，但睹物思人，英雄精神代代传，红色物件、红色基因、红色精神将激励我们在中华民族崛起的道路上，更加坚定执着，不畏艰险，勇往直前！

四

胜利华册

20 世纪 60 年代，当石油勘探的炮声在荒原上隆隆回响的时候，生活在这里的人们才蓦然发现，自己脚下这片貌似贫瘠荒凉的土地竟是一块不可多得的风水宝地。从此，他们与来自五湖四海的石油工人们携起手来，同舟共济，艰苦创业。六十多年来，胜利油田先后发现 81 个油气田，探明石油地质储量 56 亿吨，累计为国家贡献原油 12.5 亿吨。胜利油田培育形成了"从创业走向创新、从胜利走向胜利"的新时期胜利精神和"创业、创新、竞争、发展"的新时期胜利文化，锻造出了以国为重、以苦为荣、团结奋斗、求实创新的优秀品格。为了美好的前程，为了共同的家园，油地相亲，工农共建，携手谱写着一曲新时代的"黄河大合唱"，用浓墨重彩描绘着黄河三角洲光辉灿烂的明天。

（一）牢牢端稳能源"饭碗"

1.石油师
莽原纵横中的家国情怀

新中国成立后，保家卫国、经济建设都急需原油，以美国为首的西方国家对中国实行石油全面禁运，妄图扼杀红色新中国。因为缺油，那个时期，我们的飞机停飞、坦克停止训练、拖拉机闲置。没有汽油，北京的公交车只能载上煤气包，烧煤气作动力。石油紧缺，让党和国家领导人忧心忡忡：天上飞的，地下跑的，没有石油就转不动。

当时全国的石油队伍才有四千多人。为了解决缺员问题，1952年，毛泽东主席发布命令，将中国人民解放军第十九军五十七师近八千名将士改编为"石油工程第一师"，转战到石油战线。从此，中国石油工业历史上，有了一个不朽的名字：石油师。部队整编，成建制转为石油师，中国大地上，从山清水秀的汉中到寸草不生的玉门，凡有石油处，必有石油师人。石油工程第一师的全体官兵，是脱

胜利油田采油作业平台（黄高潮摄）

147

下军装的解放军，不怕死，更不怕苦。

李应时和林桂英是石油师队伍里的一对夫妻。李应时十四岁离家参军抗日，1945年回乡，与订过娃娃亲的林桂英结婚。两年后，身为民兵队长的林桂英随李应时参军。作为军人和党员，服从命令是天职。1952年，接到新任务的夫妻俩把孩子托付给老人，毅然踏上了寻找石油的艰辛路途。林桂英老人回忆说，华8井出油的时候，大家都争先恐后地去看，比冒金子还要兴奋，余秋里将军还打趣说："你们快点跑！怎么男同志还没女同志跑得快啊？"

石油师是石油精神的源头。负责钻探华8井的32120钻井队，共有一百多名职工，百分之七十是部队转业军人。华8井是在我国遭受三年严重困难，全国人民生活都很困难的情况下开钻的。而当时被称为山东"北大荒"的东营，条件尤其艰苦。周围没有树，也没有水，只有一片片盐碱地。那个时候没有吊车和运输工具，就人拉肩扛，把钻机安装上去；没有水，就积雨水，喝坑洼中的咸水；没有房子，就搭帐篷、挖地窝子住；口粮不足，就到地里挖野菜、找草籽，吃棉籽饼。这些经历过战火洗礼的石油工人，个个干劲冲天、气壮山河，喊出了震动四野的劳动号子："学大庆、赶大庆，学铁人、做铁人！""石油工人一声吼，地球也要抖三抖；石油工人干劲大，天大困难也不怕！""风把井架当琴拉，雨把钻台当鼓擂；石油工人英雄汉，风算老几雨算啥！"他们"革命加拼命"的大无畏精神成为油田精神的源头，也为石油工业注入了"军魂"。

2. 千里寻油苗

一位女大学生环渤海的独步探寻

20 世纪 50 年代，在苍茫浩瀚的北黄海岸边，常常有一些黑色的漂浮物，随着潮涨潮落时隐时现。

1958 年的秋天，山东荣成县东端的成山头来了五名不速之客。其中，有一个二十八岁的女子，河北口音，她叫王素民。王素民是北京地质学院第一届女大学生。她父辈学医，可她觉得"要建设新中国必须发展工业"，随即"弃医学矿"，选择了地质专业。

那年寒冬，王素民回老家探望期间，接到渤海海面上飘来"油苗"的消息，随即告别年幼的孩子，踏上了艰难的油苗源头找寻旅程。

她和队员们来到荣成村落，一户一户地走访渔民，试图找到有关"油苗"的蛛丝马迹。他们原计划环绕渤海一圈，从地图上看这一圈似乎很小，但当他们踏上旅途以后才蓦然发现这一圈竟如此漫长。一天天探索无果，大大打击了队员们的积极性，滔天的海浪又不断制造风险，队伍里气氛越来越紧张，队员们慢慢失去信心。向昌滩出发的时候，组里就走了一名同志。在昌滩仍然没有多少发现，组里的同志们陆续离开了，只剩下王素民一个人。其实她本可以一起回去，但她执着地认为：如果这时候回去了，那就意味着当了逃兵！

于是，1958 年的初冬就出现了这样令人难忘的一幕——一个年轻的女地质工作者独自背着行李徒步在没有路的原野上。寒风扑面，天地无语，她沿着海岸线前行，以便发现可能得到的收获。步行的疲惫使她觉得世界上最幸福的事情就是睡觉，在甜蜜的梦乡中她见到了一个巨大的油田，同时，也见到了她的儿子。年底，她回了一趟老家保定，当她见到久别的儿子，儿子像见到陌生人一样躲着她，王素民的泪水像断了线的珍珠，哗哗流淌下来。而她孤独地走在荒凉的天地之间时，却从来没有流过一滴眼泪。春节过后，她又一次踏上了征途，由秦皇岛、山海关进入锦州、营口，最后在旅顺结束了全程，历时一年。整个油苗调查组中，只有她一人走完了环渤海湾的全部路程。

王素民一千五百多公里的行程最终证实：油苗来源于地下，且来自渤海湾！这一重大发现，推动了石油勘探从华北平原中部向东部渤海湾战略转移的进程。

石油人的血与汗，挥洒出银河闪闪，石油人的情与爱，播种出油花朵朵。心中装着祖国，就会有无穷的力量。谈及"千里寻油苗"的经历，王素民从容而淡定地说："国家需要就是我们的选择！"

3. 第一块油砂

余秋里部长珍爱的"小宝贝"

1961年2月26日，华8井正式开钻。3月5日，当钻至井深1194米中途起钻时，地质员惊喜地发现卡在牙轮钻头上的一块油砂，只见它有指头肚一般大小，在太阳下闪着光泽。

在场的工人如获至宝，捧着它传来传去。

他们找了个瓶子洗了又洗，系上红绸子，把油砂装了进去，郑重地写上几个字：华北探区的第一块油砂。

华北石油勘探处党委书记孙竹、主任地质师安培树等人，一起把油砂送至北京，向石油工业部余秋里部长、康世恩副部长汇报。他们高兴地拿着油砂，不停地用放大镜端详。余秋里风趣地说："这个小宝贝，可是比金子还要珍贵得多喽！"部长请三人吃了一顿饭，鼓励他们一定要打好这口井。石油工业部经研究决定选派勘探司钻井处副处长邓礼让、地质处主任地质师谢庆辉等前往华8井协助打好井。不久，又调来华东石油勘探管理局副局长刘南等临阵指挥。石油工业部时刻关注着华8井的新进展。4月16日施工人员成功在1207.8—1630.5米井段射开油层八层，厚度16.2米，用9毫米油嘴求产，获得日产8.1吨的工业油流。这是华北地区第一口见油的探井。

在此之前，找油人努力了五年之久。华北第一口基准井华1井是1956年10月26日开钻，设计井深是3000米，钻至井深1064.5米刚进入奥陶系石灰岩时，发生了严重的井漏，当时在场指导的专家束手无策，只能一边灌泥浆一边坚持打钻。好不

参加石油会战的职工情绪饱满，斗志昂扬，决心在华北石油勘探会战中取得新成就

容易打到寒武系，完钻时井深为 1936.7 米。勘探者一直认为钻探的构造是海相第三系大背斜，但实际钻探的结果是古生代寒武——奥陶系石灰岩。以前认为是中新生界可能含油的背斜构造，结果连续几口井都打在凸起上，大多没有发现中新生届生油层。其中华 4 井钻到井深 2098.5 米时因发生井漏事故完钻，在石炭二叠系、奥陶系中发现了油斑油迹共九处，这是首次在钻进中见到油迹显示，对华北勘探者鼓舞很大。为继续追踪华 4 井的含油气情况，在该井以南 187 公里处的华 6 井，钻至井深 2117 米时因柴油机排气管着火造成重大火灾，井上设备全部烧毁，全井报废。1960 年 11 月 11 日，在济阳凹陷沙河街构造上打的华 7 井完钻，取尺 1691.07 米，发现了下第三系——沙河街组生油层。这是华北平原首次发现中新生界生油层，从而使华北平原石油勘探走向了又一个新的发展阶段。

华 8 井喜获工业油气流，从而证实了华北地区含油气的可能性，为在这三十万平方公里的大区域找到油气田提供了有力的依据，进而确立了继松辽盆地之后华北平原作为我国石油工业发展又一战略接替主战场的地位。

4. 油田"基地"

油城的温情记忆

"东营"曾是个小村的名字，据说唐代李世民东征高丽时，在小村东安过营，小村因此而得名。谁也不会想到，多少年之后，东营最终成为一座石油城市的名字。

华 8 井，位于东营村东北部。1961 年 4 月 16 日，32120 钻井队在东营村打出的华 8 井，获得日产 8.1 吨的工业油流，标志着胜利油田由此诞生。1964 年 1 月 25 日，

石油勘探

国家正式批准在东营地区开展大规模石油勘探开发会战。3 月，从大庆、玉门、青海、新疆、四川等地调来的两万多石油大军会师山东，在东营展开了声势浩大的夺油会战。

石油勘探队伍刚来东营的时候，这里人烟稀少，野草茫茫，盐碱片片，生活非常困苦。有个顺口溜说得很形象，"走的弯弯道儿，听的鸭兰子叫，吃的草种子，喝的驴马尿。"当年，华北石油勘探管理局刘南局长的指挥部就驻扎在这里，有些石油工人亲切地称它为"四合院"，房前的路为"长安街"。原华 8 井钻井队 32120 队队长李仲田回忆道："1960 年安华 8 井井架，没有吊车，人拉肩扛，用手摇绞车往上提角铁，工人绞着绞着绞不动了，实在没有劲了。我说刹车。刹住车，大家往地上一滚，就睡起来了。大家肚子饿呀！下午三四点钟的样子，东营村有一个老乡赶着牛拉着一车胡萝卜。那个老乡真是好啊，从车上扒拉下一大堆胡萝卜。工人们上去，也不管泥不泥，拿起胡萝卜在工作服上一擦就吃起来了。"

1965 年，油田"基地"开始建设。在东营村附近，用土

坯建造了一些叫"干打垒"的土房和一些油毡为瓦、苇箔为墙的简易房。这个矿区小镇初步形成了，虽然规模很小，功能很弱。但是，基地是非常繁忙的，大量的物资设备从这里运向前线。为支援油田会战，1964年春，粮油供应、商业供应、银行、邮电、公安等部门，都组织人员和班子来到了油田基地，负责后勤服务和安全保卫工作。基地，也是地方政府支援油田会战的大本营。

运往前线的物资中，粮食最重要。余秋里同志在回忆录中深情地写道："石油勘探主战场所在的广饶等县是革命老区，也是贫困地区，自然条件很差，交通极其不便。虽然已度过了三年严重困难时期，但那里的农民生活仍然非常贫困，以地瓜干、地瓜面为主食，很多人吃不饱，只能以野菜、草籽补充。而地方上对勘探职工的粮食定量，千方百计予以保证，供应的粮食，大部分是细粮，少部分是杂粮。党和人民群众的关心和支持，令人十分感动！"

1983年10月，"东营"成为黄河入海口一座新兴石油城市的名字。基地，从此进入按规划建设的城市化阶段。80年代末，东城的兴建使基地有了一个新的名字——西城，但在很长的一段时期内，人们仍习惯沿用"基地"这一老称呼。

5.九二三厂

一口功勋井的荣光

9月23日，在大家眼里或许就是一个平淡无奇的日子，

但是 1962 年的这一天山
东却发生了一件大事。

第一口千吨井

这一天，东营构造上
的营 2 井喜获日产 555 吨
高产油流。这是当时全国
油井日产量的最高纪录。
这个井擂响了东营地区石
油大军集结的战鼓。为纪念这一不平凡的日子，这支常年奋
战在黄河三角洲上的石油勘探大军有了一个特殊的番号——
九二三厂，它就是胜利油田的前身。营 2 井的高产油流，为党
中央和石油工业部下决心组织开展大规模华北石油会战提供了
可靠的依据，极大地鼓舞了全国人民。原本荒芜的盐碱滩上，
人迅速多了起来。

1963 年 10 月，九二三厂在今垦利县胜坨镇"坨庄—胜利
村"构造上打出坨 7 井，获日产 36 吨工业油流，从此胜坨油
田进入了人们的视野。这是山东省内发现的第一大油田。胜坨
油田的发现，标志着山东境内石油工业的兴起，也标志着胜利
油田的勘探开发取得重大突破。1965 年 2 月至 3 月，会战大军
先后在胜利村一带打出坨 11
井和坨 9 井，分别日产 1134
吨和 1036 吨油流，这是国内
首次见到千吨级油井。同年
5 月，九二三厂会战指挥部
集中十二个钻井队详探"坨

61 井日产原油超过千吨

庄—胜利村"构造。到 1966 年 2 月，基本探明了胜坨油田。因为胜坨油田位于垦利县胜利村一带，同时也为纪念油田会战的重大胜利，1971 年 6 月 11 日，经中共山东省委批准，石油工业部九二三厂更名为胜利油田。而胜坨镇作为胜利油田最早的开发区和主战场，始终是胜利石油的主产区。

1976 年 8 月，营 2 井停产，累计产油 13.5 万吨，累计产气 645.7 万立方米，为我国石油工业发展做出了卓越贡献。

如今，胜利油田这个油气生产大户，正经历新能源转型。日历造型的纪念碑上"9·23"的字样已不再是一个称号，它如图腾一般刻在胜利的精气神里，注视着胜利从哪里来，再奔向哪里去。

6. 孤东大会战

激情燃烧的"海油陆采"

从 20 世纪 70 年代开始，数万石油大军挺进东营，进行大规模的石油开发会战。穿过孤岛镇与仙河镇，从黄河入海口驱车北上，一条拦海长堤横卧海边，这就是被称作"海上长城"的孤东海堤。大堤长五十七公里，多次阻挡风暴潮，守护着滨海地区人民的生活和油田建设。堤外，是渤海，涛声阵阵；堤内，是孤东油田，洋溢着现代工业文明的浓郁气息。

1986 年初，油田党委、油田会战指挥部决定在孤东进行夺油会战。当时，召集各二级单位开了个会，李晔书记讲孤东会战是大战，是恶战，不管怎么样，反正要拿下大油田。第一项任务就是用东大堤把海挡住，而且要推出去两公里以外，当时水深在 0.5 到 0.8 米。东营市委、市政府把支援孤东会战作为政治任务，组织了全市两万五千名民工开赴会战前线，由副市长李启万担任总指挥。

他们抛家舍业，在渤海岸边的潮间带上筑起一米半高的土台，土台上扎起窝棚居，以铁锨和草袋为武器，与大海展开了一场惊心动魄的较量。最为艰难的是防潮坝的修筑，当时参加筑坝的利津毛坨村村民回忆说："早晨早吃了饭，利用一上午的时间，从住的位置，出去大约有八里地，蹚着水进去，进去有四里多地，基本上都是泥浆。进去用编织袋子，系上小滑绳，两个人一个兜，一个上铁锨的。拿个坝子三米多宽，一米半高，来阻挡潮水冲击大坝。连着拿了两次都失败了。潮水一上来，民工们就往回跑。一位刚刚高中毕业的十八岁的小伙子，一直被潮水赶着跑回窝棚，潮水还是一个劲地涨，涨到窝棚的土台上来了。被潮水吓坏了的小伙子找出三个馒头，一边哭，一边吃。第二天，副指挥王锡栋问他为什么又哭又吃，小伙子回答："听老人们说，如果做了饿死鬼，到阴间还得挨饿，当时我寻思这回肯定被淹死了，临死怎么也得吃个饱。"

1986 年 5 月 1 日凌晨 3 点半，利津团

会战职工蹚着泥水，把钻杆抬入井场

三千名民工跋泥涉水一个小时，赶到工地就投入了战斗。上午10点，涨潮了，海水乍暖还寒，数千名民工穿着普通衣裤连续几个小时泡在潮水里，冻得上牙碰下牙。

下午4点，潮水退下去了。民工们打起精神，以惊人的毅力奋战了五个小时，到晚上九点，防潮坝筑起来了。

经过三十五个昼夜的连续奋战，拦海大堤比原计划提前一个月竣工。在孤东海堤建设中，胜利油田共投入四亿多元。

秋风送爽的季节，在大堤围出的七十平方公里的海滩上，胜利油田一举拿下了年产原油五百万吨的孤东大油田，成为全国油田高速高效开发的典型。孤东大堤荣获国家银质工程奖。渤海不息的涛声，诉说着东营人拦海造陆的壮举；黄河滚滚的波浪，见证了油地团结互助的历史。

7. 战井喷

壮怀激烈的英雄群雕

井喷，是油田井下作业施工中的灾难性事故。井喷发生时，"抢喷"相当于置身于枪林弹雨的战场。那里不仅有能让人中毒窒息的天然气，伴着高压喷射而出的油泥砂，还有随时可能飞出的螺栓。空气里弥漫着浓烈的天然气，哪怕一丁点火星都会酿成一片火海。

1983年4月29日，永69-1井正在施工作业，突然，一百多个大气压的油气流裹着泥砂，咆哮着从地下直蹿空中；井筒内连接在一起的长约二百五十米的三十二根抽油杆像离弦的箭一样直刺天空，随后又像面条般盘旋着落下来。

这是胜利油田历史上罕见的强烈井喷，情况十分危急。本来在地面上、重达十四吨的 12 型游梁式抽油机被整个吞入地下，不见踪影。由于井下套管破裂，井口周围塌陷，形成了一个直径达十几米的大坑，坑内泥浪翻滚，气流肆虐，在五六里以外都能听到巨大的咆哮声，看见冲天的黄色气柱。

当指挥部抢喷领导小组决定要组织一支抢喷突击队时，所有的作业工人都像冲锋陷阵的战士一样抢着报名。面对急难险重，领导小组要求首批抢喷突击队员必须是党员干部和有着丰富抢喷经验的技术工人。

共产党员、作业队长毕国强第一个在报名表上签下了自己的名字。当时，毕国强的岳父病重正在住院，妻子独自带着四岁的孩子赶回淄博老家照顾老人。毕国强对妻子说，井上发生了井喷，抢喷需要我，我不能回去，等完成任务后，我一定回老家看望老人。抱着九死一生的念头，上井之前，他把家里的钥匙和写好了老家通信地址的信封交给邻居，嘱咐他们如果自己回不来了，就帮忙给家人捎个信儿，让他们知道情况。不光毕国强，当年参加抢险的每一个人都做了最坏的打算，面对生与死的考验，没有一人临阵脱逃。就这样，在最短的时间内，由劳动模范、作业队长、青年突击手组成了三个抢喷小组，每组八人。

现场气浪滚滚，声响很大，趴在耳边说话也很难听清楚，现场讲方案、下指令基本都是通过一块小黑板。抢喷领导小组连续实施了两套方案，压井都没有成功。大家毫不气馁，又研

战井喷

究制定了第三套方案。在吊车的配合下，他们奋力将大型高压闸门推向井口。装上大闸门后，大家迎着凶猛的气浪，穿上螺栓，上紧螺帽。就这样，经过多次舍生忘死的较量，不可一世的"气老虎"终于被制服了。这次抢喷历时六十八天，无一人伤亡。

今天，胜利油田的井喷事故基本不见，但胜利人特别能吃苦、特别能战斗、特别能奉献的精神大旗一直没有倒，严谨认真、为油拼搏的优良传统一直没有丢，迎难而上、担当作为，为美好生活奋斗不息的精气神一直没有变。

8. 海上采油平台

碧波里飞出创业的歌

那耸立在浅海里的组合式采油平台，是胜利海洋公司1995年建立的海上最大的"家"。登上平台，会看见粗粗的钢铁桩腿深插进海底，把平台撑出水面达五十米，上上下下、弯弯曲曲的栈桥把生产平台、生活平台、储罐平台、动力平台组合成一个整体，宛如手臂相挽、站立在大海中的四个巨人。

平台上有庞大的机器设备，两千立方米的储油罐，日处理油水量达五千吨。八千千瓦容量的发电机组像蜗笼似的被采油

海上平台

人称为"家"的列车屋，上下两层布局着二十二个床位，人均活动面积不足十五平方米，小铁窗，小铁门。窗外是茫茫大海，门前是大海茫茫。工人们穿着一色的橘红色的工作服，橘红色的防鲨帽，春夏秋冬，一年四季，伴着潮涨潮落，劳碌在这远离人烟的茫茫大海之中。

海洋采油人都很年轻，他们大都是刚刚走出校门的青年学生，平均年龄只有二十二岁。天空飞来一只海鸥，他们像看到远方飞鸿，一阵激动和欢呼；看见茫茫大海中出现一艘船，他们往往莫名其妙地招手致意，其实没几个人理睬他们的热情。

更残酷的是那个除夕夜，大雪纷纷扬扬，甲板上凝成一层厚厚的冰。他们用铁铲铲除冰层，整整一夜，不停地铲，还要巡线，查看设备和仪表，做记录。实在冻得挺不住了，他们就轮流回小屋在电暖器边暖和一下，又重返风雪弥漫的平台。几个春节，他们都没有看过春晚。他们不敢看，惧怕那种热闹后的平静。

大年初一的黎明时分，突然平台上冒出几个黑影，正在巡井的小代大声喝问："干什么的？"来人嘿嘿笑，从口袋里掏出一沓票子，晃了晃："小兄弟，弄点油用，给个方便吧！"说着，把八千元票子往小代手中塞。小李闻声赶来怒斥道："不行，这是国家的油，一滴也不行！快走，不然，我们要报警了！"来人仍然嘿嘿笑道："小兄弟，没有嫌票子扎手的，人家都陪老婆孩子在家里过年，你们冰天雪地在这海上受洋罪，这也算弄点奖金花花！""住嘴，再啰唆，巡逻艇来了，把你们都抓起来！"来人却胆大得很，不顾三七二十一就要抢油，小李往油井上一靠，手握管钳，"谁敢靠近一步，我就砸死谁！"几个家伙心狠，没弄到油，就把所有食品、炊具、电暖器席卷而去。

　　没有电暖器，小屋像个冰窟，而且他们仅剩的一点面粉和食品也被抢去了。那时海上联络工具落后，一时间无法与陆地

海上采油平台

联系上。如果几天不来送食品和淡水的生活船，他们就会冻死、饿死。床底下还有一小堆胡萝卜，冻得像石头蛋子，饿极了，他们就你一口我一口地啃起来，满嘴冰碴子。三天后，连冻萝卜也吃光了，身上没有热量，更觉得寒冷，鼻子、脸、嘴唇都冻得发青发乌。第四天，终于来了一艘救生艇，当他们看到自己的工友来了，眼泪唰地流下来，嘴唇机械地哆嗦着，半天说不出话来。

虽然是和平年代，他们却感觉像是在战场上打仗。

9. 孤东"一棵树"

油地双方共有的精神图腾

也许，曾经哪一个冒险到海边打鱼的抑或来黄河口新淤地垦荒的农民插下去的拐棍没再拔起，荒原上就有了一棵树。黄河漫滩大海涨潮时，它便浸入汪洋中；落潮了，它便傲立荒原。

长年在野外作业，性情粗犷的勘探工，面对这棵荒原孤树，流泪了。已经疲惫不堪，原本打算天亮就鸣金收兵返回宿营地的，现在却突然改变计划，决定继续在这一带作业。

不知是这群勘探工发现了这棵树，还是这棵树早就等在那里，多日来一无所获的工人们，突然在这儿找到了一个不大不小的油田。大家喜出望外，给这个油田取了个名字：一棵树。

从一棵树继续向东进发，在潮起潮落、水陆相间的海滩上，他们又发现了日后闻名全国的孤东油田。于是，全国各路石油大军向这里集结，四面八方几万民工朝这里开进，一场围海石油会战打响了。

这是一场恶仗。人们水里捞泥筑起的堤坝被一夜袭来的潮水冲撞得荡然无存，运送会战物资的载重车一辆辆陷入荒滩泥沼，一声紧一声地低吼着难以自拔，后方淡水和食品供应不足，前线"弹尽粮绝"的时候，人们远远望一眼那棵挺立的柳树，心定了，感觉又有力气了。

在这里，胜利人一举拿下了一个年产五百多万吨的大油田。于是，一棵树成了孤东油田的图腾，成了石油工人的图腾。

现在这棵树已经枯了，一个水泥灌砌的高出地面半米许的八边形池子，盛满泥土，把树拱围中央。一旁那一汪积水的洼地早已了无痕迹，不远处，一片片的树林葱葱郁郁。

孤东会战的壮举，引来一批又一批参观学习的人。一道堪称海上长城的百里围海大堤，把大海推出几十公里。堤外黄涛排空，堤内井架林立，在茫无际涯、一派原始风貌的荒原衬托之下，形成一道原始与现代、自然与人文相融会的异常壮丽的特殊景观，吸引着四面八方的游人。昔日孤寂的荒原，一时间人流如织，络绎不绝。

一棵树是出入孤东油田的门径，人们风闻一棵树的故事，来到这里，无不停车驻足，瞻仰旷野孤树的雄姿，缅怀荒原觅油的踪迹，膜拜油田神奇的图腾。

（二）产业报国、攻坚克难

1. 顾心怿

走自己的创新之路

2021年4月16日，是胜利油田发现六十周年纪念日。在"弘扬石油精神，从胜利走向胜利"座谈会上，中国工程院资深院士顾心怿深情地说："我是一名老党员，在油田工作生活六十年，亲眼看到油田的发展、东营市建设和油城的日益繁华，用一生见证这个伟大的过程，非常荣幸，非常激动！"

顾心怿，1937年出生，是胜利油田培养出的一名工程院院士。他十九岁毕业进入石油战线，一腔石油情，一生报国志，始终胸怀为国找油、为国献油的报国之志。

20世纪50年代末，党中央、国务院做出战略东移的重大决策。顾心怿跟随华北石油钻探大队来到了华北第一口基准井——华1井，给苏联专家做俄语翻译。

1957年8月，华1井在钻井过程中发生井漏，而苏联专家突然奉命提前撤回，钻探一下陷入困境。顾心怿意识到：中国要发展石油工业，必须有自己的技术，有自己的专家。

苏联专家撤走后，上级通知翻译们回北京重新安排工作。顾心怿想通过自己的机械专业和从苏联专家那里学到的钻井技术，把中国贫油的帽子甩到太平洋去，要实现这一愿望，钻井

顾心怿

队是最适合的岗位。于是他立即打报告要求留在钻井队,上级很快批准,并任命他为机械技术员。就这样,顾心怿从华1井到华2井,再到华3井……一直打到华8井,付出了大量心血和汗水。

1961年初,华8井在东营地区开钻并且出了油。

当时,石油工业部派来的邓礼让处长对顾心怿说:"小顾,出油了,场面会越来越大,机械会越来越多,你不能走了,留下来,留在东营吧!"顾心怿斩钉截铁地说:"我是党员,当然要听党的召唤!"这一留,便是一生。

五十余载,顾心怿忘我工作,在石油装备领域工程技术、研究设计第一线,创造了一个又一个科技"第一"。他曾主持研制成功"大直径取芯工作"、"链条式抽油机"、第一座座底式钻井平台"胜利1号"、第一座极浅海步行座底式钻井平台"胜利2号"、第一台"液压蓄能石油修井机"、"长环形齿条抽油机"等重大创新项目,荣获国家技术发明二等奖三次、国家科技进步三等奖一次、中国专利金奖两次,以及全国十大科技成就奖、何梁何利基金科技进步奖和山东省最高科技奖。曾经有记者采访顾心怿,问他:"你一生最大的愿望是什么?"他不假思索地说:"我希望祖国强大,我希望能亲眼看到中国重新成为世界第一!"

有人问顾心怿:"从繁华的大上海'落户'荒凉的盐碱滩,

没后悔过吗?"他说:"我们石油工人就要听党的话,跟党走,哪里有石油,哪里就是我的家。"

科研仗剑六十年,誓为祖国献石油。虽已耄耋之年,顾心怿却说:"院士是终身的荣誉称号,我愿在有生之年,为石油事业再干一点力所能及的工作,为伟大的祖国再做一点贡献!"

2. 薛梅

荒原"夫妻井"

十几年前,油田女工薛梅荒野里巡井的时候,一直有两只狼狗相伴。两只狗,分别叫"阿黄"和"阿黑",都非常机敏精神。有它们跟随,薛梅晚上巡井,即便丈夫孙宾不能陪着也有安全感。有一口井附近,是一片坟地。每次路过坟地的时候,阿黄和阿黑一左一右紧护着薛梅,叫声也特别欢。不仅如此,阿黄和阿黑也能抵御偷油偷变压器偷电缆的不法分子对薛梅所构成的威胁,并及时呼啸着驱赶。

薛梅非常疼爱那两只狼狗,有点好吃的稀罕东西,从不会落下它们。春天来临的时候,薛梅会用柳枝野花编两个花环,套在狗脖子上,那是对两个"勇士"一种别开生面的精神奖励。

多年前的一个夜晚,薛梅和丈夫还有阿黄和阿黑,驱赶了一伙偷油贼。第二天早上,陪伴自己近三年的阿黄和阿黑就不见了。薛梅撕心裂肺,好一场痛哭。

二十多年前,薛梅和丈夫一同来这片荒野里安家——三间屋子,一个小院。

第二年开春，孙宾在屋子北边，种下了三棵树——两棵柳树和一棵槐树。这三棵树很好养活，饮着清风雨露，不出几年，三棵树都出落得挺拔结实。

　　武警兵出身的孙宾，在槐树上安了一个沙袋，用来强身健体，积蓄对抗邪恶、保护妻儿油井的力量。

　　儿子孙同庆渐大，孙宾又在槐树上安了简易篮球架，没事的时候，父子俩一同打球娱乐。

　　薛梅家贴在里屋门口这样一副对联：独守小站方寸地，寂寞春丝风剪柳。横批：策马奔腾。从这副既简单又有些味道的对联中，能感受到薛梅十九年的心路历程。

薛梅工作中

　　这片荒野，方圆五平方公里内的七口油井的巡护保养和计量工作，都由孙宾夫妻负责，人称"夫妻井"。十九年来，薛梅夫妇没睡过多少囫囵觉，每隔四小时就得上油井巡查一次。他们把油井当成了自己的孩子，精心呵护。就像薛梅说的，"现在我基本能'听声断病'了。一次，我听到营12–73井运转声音异常，就凑上去屏住呼吸听，及时排除了螺丝退扣的隐患，避免了抽油机侧翻的事故。"

　　一段坎坷不平的泥土路，他们没白没黑地重复走了十九年。

薛梅从一个年轻漂亮的姑娘，变得沧桑满脸；孙宾从一个硬朗英俊的帅小伙，变得胡子拉碴。然而，他们没有任何抱怨，平和快乐地生活在荒原上，送日落，迎日出……风风雨雨这么多年，该有多少艰辛困苦！但即便再大的风雨，也会消融于敢于担当的臂膀和胸襟。生活在对人施以困苦的时候，也暗藏着对人的成全，关键是自己能否感受到痛苦背后的光明与温暖，能否感受到梦想花开的声响。

3. 吴吉林

身后留下八十五项发明

吴吉林是中国石化胜利油田东辛采油厂三矿三十四队高级技师，2007 年查出患上"非霍奇金氏淋巴瘤"。医生诊断只有半年的生命期限，他却与病魔抗争了十二个年头。

吴吉林 1991 年参加工作，工作二十三年，共完成八十五项创新成果，其中四项获国家发明专利，十九项获国家实用新型专利。

2007 年 11 月 10 日晚 9 点半，吴吉林拿起一支黑漆快要磨光的钢笔，郑重地填写当天的考评表：锻炼没能坚持，这一栏画"×"；读书和吃药做得不错，这两栏画"√"；至于创新，他犹豫了一下，似乎不太满意，画了个半对号。

在北京住院期间，他花九十元钱买了这支钢笔，决定用它来记录活在世上的每一天。

他为自己制定了一份考评表，贴在书房的墙上，规定每天完成四件事：练、读、药、创。在规定时间锻炼身体；按时服药；每天必须学习专业知识；搞创新。

患病以来，吴吉林做了八次手术、二十次骨髓穿刺。2011年8月25日，吴吉林准备实施脾脏摘除手术。知道进去手术室可能再也出不来，吴吉林叮嘱女儿："孩子，你妈妈不容易，以后要好好孝敬她！"又转头对同事樊创明说，"我还有两项革新成果眼看就要完成，资料都在电脑里，请交给厂里。"

两天后，吴吉林再一次睁开眼睛。朦胧中，知道自己还活着，心里那叫一个欢喜："阎王爷没有要我，还要留下我来搞创新！"

七年来，吴吉林拖着病躯取得了55项创新成果。

吴吉林家里最醒目的是电视上方挂的一幅字——胜利精神。

2009年初，刚做完肝穿刺手术三周，吴吉林就上了一线。当时一口油井抽油泵效率只有25%，为解决这道难题，他带病学习和钻研，为油井营8–36提高泵效15个百分点。接下来，这套装置又在多口油井应用，平均泵效提高11%，年创效达1000多万元。

2010年7月，这项成果参加全国QC质量管理评选，获得一等奖。吴吉林为QC小组取名：胜利精神。一位当地残疾人书法家为吴吉林写下"胜利精神"四个大字。

2019年3月11日17时58分，吴吉林去世，年仅四十五岁。去世当日24时，遵照吴吉林的遗嘱，山东省红十字会的医生小心地将他的眼角膜从遗体上取出。

"不管是健康还是疾病，人总是要死的。在我离开人世的时候，能把眼角膜捐出来，也算是活这一遭的最后价值。"吴吉林的同事王维亮回忆说,吴吉林早就有捐献眼角膜的想法,在 2016 年 12 月 26 日就填写了《山东省遗体(角膜)捐献申请登记表》。

吴吉林走了,但他的眼角膜将点燃另一个世界,照亮他人的前程,延续着生命的轨迹。

4. 汪卫东

石油微生物技术的拓荒牛

在胜利油田石油工程技术研究院微生物所的办公楼前,经常停放着一辆牌号尾数是"973"的车,这不起眼的三个数字娓娓道出一个科研工作者的梦想。因为"973"曾经代表的是国家最高级别科研项目"国家重点基础研究发展计划"。车的主人公是汪卫东,胜利油田首席高级专家,我国石油微生物技术领域专家和胜利油田石油微生物技术研究的领军人物。从购置新车挂上"973"的牌照后,汪卫东干事创业的激情更加高昂了。

在刚参加工作的三四年时间,他自学石油知识,研习《采油工程》《油藏物理》等,先后记了十几本学习笔记,翻译了近七十万字的国外有关文献,这为后来的科研立项、攻关研究提供了大量的国际前沿信息。

曾经他独自跑到成都国家厌氧开放实验室待了大半年,连续五个晚上睡在实验室的长椅上。在河口采油厂英雄滩的油井进行现场试验时,他晕倒在了井场上。1995 年该技术终于完成了立项,当年在十七口油井成功应用。到目前为止,已在胜利油田实施了 1700 多井次，不仅延长了油井免修期，还增油17000 吨。

在进行细菌生化实验时，需要血液作为培养基成分，有时不能及时筹备，他就用注射器抽自己的鲜血配制培养基。开展污水生化处理现场试验时是冬天，汪卫东用铁丝扎紧身上的棉衣，用绳子把自己吊着下到污水池中取污水、污泥样品，甚至去品尝处理后的污水。经验告诉他，"仪器测不出极微量的原油，舌头却能品尝出来"。

2006 年，为准备"十一五"国家科技支撑项目申报材料，他连续四十多个小时没合眼，由于在设计课题研究内容和技术路线方面做了大量的前期准备工作，采油院代表中石化在来自全国的五家竞争单位中脱颖而出，在科技部争取到了项目。会后，一位中科院专家特意走过来说："你让我真切地感受到了胜利油田的胜利精神！"

长期超负荷工作让汪卫东的胃、腰椎、颈椎都落下了毛病，但即使生病也不愿耽误工作，一般都是自己注射。1996 年 8 月，妻子突然查出白血病，随即住进了医院，而当时正好赶上国家"九五"攻关项目申报的关键时期。他一边照顾妻子，一边在病房里写报告。历时一个多月，报告终于完成了，可不幸的是，妻子因医治无效永远离开了。他强忍悲痛料理完后事，把年仅三岁的女儿送回南方老家，托付给了父母，又回到单位继续科研攻关，每年只有春节时回家一次，看望年迈的双亲和幼小的女儿。

中国石油大学和中国海洋大学等几所高校曾经提供优厚的

待遇请他去任职，都被他婉言谢绝了，他说："我理想的根基在这里，事业的舞台在这里；胜利油田成就了我，我要为油田的发展倾尽全力！"

5. 唐守忠

新时代的"石油鲁班"

心中有信仰，脚下有力量。在黄河入海口的盐碱荒滩上，唐守忠如同一株红柳深深扎下了根基。

他是胜利油田孤岛采油厂特级技师，集团公司采油工技能大师。唐守忠常说，多"采"知识才能多采油，练强本领才能管好井。27本手写笔记、162件创新成果伴随他走过岁月，见证了他成长为石油行业"技能标杆"的奋斗历程。

他潜心研究的延长抽油井光杆使用寿命法，延长光杆使用寿命三倍以上，成为全国采油系统先进操作法；首创的抽油机快速卸载法等22项采油绝招绝技，实现了设备管理的高质高效。他梳理总结的示功图法调控掺水量等20余项采油现场管理技术实践案例，破解关键技术难题、排除重点设备故障200多项。唐守忠传承工匠精神，矢志不渝搞创新，成为用技术攻坚克难的"石油鲁班"。

针对稠油开发的"老大难"问题，唐守忠探索研发稠油井掺水提效装置，有效填补了国内稠油开发技术空白，获全国能源化学地质系统优秀技术创新成果一等奖。此外，他还获得60余项国家专利，填补了17项国内相关领域技术空白。

"创新的事，永远琢磨不完，越琢磨越有劲头。"唐守忠带领团队苦心钻研，耗时三年，完成《油田生产现场智能巡检与控制关键技术研究应用》项目，用智能巡检系统代替人工巡检，创新六项独有智能控制技术代替人工操控，推动油田生产现场管理方式发生巨大变革，年创效三百多万元。

"强强联合，才能发挥合力。"唐守忠联合七个技能大师创新工作室，项目成果"卸游梁式抽油机曲柄销子专用工具"的创新应用，大大提高了工作效率，被广大员工称作采油设备维修"神器"。近年来，他主持、参与完成集成优化成果 10 项，其中 6 项在油田系统全面推广，年创效 1200 万元。

为了推动员工成长成才，他创新"自主化培训模式""项目任务带徒法"，制定培训计划，精滴准灌；打破专业、工种之间的壁垒，实施"群师众徒"师带徒模式，"1+N"滚雪球带徒，让徒弟博采众长、全面提升。他先后培训员工 4600 人次，培养出技术能手 214 人，36 名徒弟在中石化、油田职业技能竞赛中摘金夺银，72 人晋升为技师、高级技师。

他还牵头组建了由 5 个创新工作室、10 个技师工作站组成的"创新联盟"，建成包含 160 余名高技能人才的"创新团队"，组织"创新工友"技术论坛，从单兵作战转为集团攻坚，解决生产技术难题 130 项，研发技术革新成果 80 项，形成聚众创新的强大合力。他领衔的工作室先后被授予"齐鲁大工匠创新工作室""全国示范性劳模和工匠人才创新工作室"称号。

2017 年，唐守忠受到党和国家领导人亲切接见，并代表亿万产业工人在人民大会堂作典型经验介绍。

五

非遗传韵

"九曲黄河万里沙，浪淘风簸自天涯。如今直上银河去，同到牵牛织女家。"诞生于黄河岸畔的非遗文化，源于她丰厚的历史积淀、活跃的现实状态和独特的地域审美，是黄河文化的重要组成部分，也是传承中华文明精神基因的载体，不管是发源于此、魅力独具的吕剧艺术，还是就地取材、巧夺天工的黄河口黑陶、泥陶和澄泥印，抑或外酥里嫩、色香味美的利津水煎包等，各种非遗是会说话的文化使者，把这座城市的前生今世，一点一滴地向世人倾诉。大河息壤，流淌的是活色生香的唯美记忆，承载的是魂牵梦绕的不老乡愁。在文字的潜移默化之间，我们会了解东营，感受东营，热爱东营。保护传承黄河文化，让黄河成为造福人民的幸福河，是黄河口儿女矢志不移的奋斗目标。

（一）乡韵炫彩好日子

1. 吕剧

土腔里的浓郁乡愁

乡村的吕剧表演现场通常是这样的：琴声一响，几句独白一念，观众"入戏"不比演员慢。逢年过节，村子里若要来个吕剧团，顿时，人们就欢腾起来了。有一句流传很广的俗话："听见坠琴响，饼子烀到门框上。"调侃的就是那些痴迷吕剧的人。

艺术源于劳动，源于生活。吕剧产生于黄河大冲积扇上，就像河水流淌的气质、品格和旋律，以良心大实话唱情拉理为脾性，具有包容耿直的特色。那些熨帖人心，展现庄户人家情感交流与世俗风情、社会伦理的唱词，是这块土地上的儿女性情美的再造和延伸。

吕剧发源于东营区牛庄镇时家村一带。其早期剧目多为历代艺人口头创作，其题材大多是反映社会生活之某一侧面，以典型的故事情节或生活中的小事反映劳苦大众的生活愿望、理想和要求。东营区牛庄镇时家村的时殿元（1863—1948）是吕剧主要创始人。吕剧艺术是由说唱扬琴演变而来的，形成发展过程大致可分为三个阶段，即坐唱扬琴—化装扬琴—吕剧。

黄河入海口处的广饶（当时的乐安县）北部和利津东部并

无防洪大堤，洪水季节，黄河常常泛滥成灾。这一带穷苦百姓背井离乡，以逃荒要饭谋生，而"唱曲"讨饭成为很多人养家糊口的手段。传唱的过程也是创新的过程，时殿元在众多民间艺人中脱颖而出。后"小曲子"发展成为"山东琴书"。1880年，山东琴书流传到东营市广饶县，迅速传播，尤其是牛庄、油郭一带，学唱山东琴书的人不计其数。每逢农闲时节，三五搭帮，或父子父女同台，随时随地拉摊演唱，围观者众多，出现了"村村听扬琴，妇孺皆会唱"的场面。

时殿元把山东琴书由坐唱形式改为化装演出，执鞭挥驴，载歌载舞，从此化装扬琴这一戏曲形式正式诞生，当时大家称之为驴剧。1952年，山东省文教厅正式将此剧定名为吕剧。

吕剧创立之初，在时家村及其周围地区形成以时殿元、谭明伦、薛金田等早期吕剧艺人及门人子弟为骨干的庞大业余演出队伍。许多业余剧团常在村庄间串演，形成惯例。新中国成立后，各村镇的业余吕剧演出团体更加活跃。以时家、谭家、东武、东张、大杜、小杜、魏家、牛庄等村为中心，辐射方圆百余里。农闲时节、年节喜庆之日，演唱吕剧娱乐成为习俗。人民群众对吕剧怀有深厚感情，《李二嫂改嫁》《王汉喜借年》《姊妹易嫁》还拍成电影在全国公映，受到全国观众的喜欢。在20世纪50年代，吕剧就像今天的流行歌曲一样到处传唱。

吕剧表演

1956年广饶县成立

了第一个民办公助的专业吕剧团。1991 年，东营区开展"吕剧故乡唱吕剧"活动。当年 2 月，台湾著名影视制片人凌峰带领《八千里路云和月》摄制组，专程到牛庄镇拍片，时家村吕剧老艺人时清举、谭文章、时寿常、禹兴卫等人，为摄制组表演了古装传统剧《金玉奴三打薄情郎》等剧目。2008 年吕剧被列为国家级非物质文化遗产。

近年来，东营将实施吕剧振兴工程作为落实黄河流域生态保护和高质量发展重大国家战略的重要抓手，大力推进"吕剧文化之乡"建设，唱响"吕剧文化之乡"品牌，走好以吕剧为根脉的文化高质量发展之路。吕剧故乡，缱绻乡愁。群众在哪里，吕剧的演出活动就延伸到哪里。

2. 短穗花鼓

舞蹈百花园中的奇葩

"打起花鼓转悠悠，一不洗脸二不梳头，本是个花大姐，背着花鼓串九州……"曲调低沉，诙谐中有悲伤。头扎白毛巾，身着对襟褂，穿蓝或黑色布裤，这是短穗花鼓艺人的典型形象。

短穗花鼓最早是流浪艺人借以乞讨谋生的手段，每逢青黄不接或灾年，艺人们便背起花鼓，四处逃荒。师徒、兄弟或父子组成一班，或跑坡或摆地摊演出。

广饶县陈官乡陈官村短穗花鼓艺人张洪祥（1914—1993）、张洪果（1929—1991），从小就跟着父亲张延水（约 1873—1942）逃荒要饭学打花鼓。张延水曾同商河艺人背着花鼓闯北京，掌握了多种小调，丰富了伴唱的内容，回乡后授徒无数。张延水当年打花鼓的技艺很高，在广饶、商河等地颇有名气。

新中国成立后，党和政府对这一民间舞蹈非常重视，加工提炼后搬上了舞台。1956年，广饶县张延水的徒弟李宏元（1912—1976）和商河县的张凤云、李喜平一同参加了山东省民间艺术会演，李宏元的表演荣获一等奖；1958年李宏元参加华东地区文艺会演，荣获一等奖。著名舞蹈家张毅曾不远万里到陈官学习短穗花鼓技艺，后来参加了1957年世界第六届青年联欢节，表演的《花鼓舞》荣获金奖。

党的十一届三中全会以后，短穗花鼓迎来了发展的春天。广饶县对短穗花鼓这一民间艺术进行了挖掘整理，并组织了四十人的队伍学习排演。改革开放后，短穗花鼓成为群众自娱自乐的一种方式。随着张洪果兄弟年龄增大，这门艺术面临着失传的危机。1987年陈官乡政府对这一艺术进行了第一次抢救整理，并请张洪祥、张洪果两位老人出山，让陈官短穗花鼓重登舞台。1988年，陈官短穗花鼓入编《中国民族民间舞蹈集成》。为更好地传承这一独特艺术，张兆海带领陈官村五个女孩拜张洪祥老人为师，学习短穗花鼓，同时，在乡政府的组织下，成立了一支五十人

短穗花鼓表演

的表演队伍。

"花鼓长，花鼓圆，背起花鼓去要饭，家中要有三亩地，谁去要饭离家园。"1991 年，短穗花鼓第三代传人张秀芳带着祖传的花鼓出嫁到东营区龙居镇的盐垛村，花鼓艺术像粒种子一样播撒在东营市的这块沃土中。

张兰青也是陈官短穗花鼓第三代传人。2018 年 5 月，张兰青被认定为国家级传承人。为更好地传承和发展陈官短穗花鼓，在广饶县陈官镇政府的大力支持下，张兰青成立兰青短穗花鼓艺术队，培训配备专职演职人员二十五人，专门从事短穗花鼓的演出工作，大大提升了短穗花鼓的社会影响力。多年来，张兰青每周定期开展短穗花鼓进校园、进社区、进农村的表演和带徒传艺活动，使这一艺术形式得到很好的推广。陈官镇中心小学将短穗花鼓艺术引入课堂，聘请民间艺人走进学校授课，向孩子们传授短穗花鼓表演技艺，使这项具有浓郁地方特色的乡土艺术成为学校的特色教育课程。陈官镇中心小学还成立了短穗花鼓俱乐部，学生可以在课余时间舞动鼓槌，敲出优美旋律。陈官短穗花鼓由当初村里几个艺人独自表演的民间技艺，逐步发展为校园里师生共舞的大众化文艺表现形式，这是令人欣喜的。

3. 枣木杠子乱弹
曲艺中的活化石

枣木杠子乱弹，是流传于大王镇的一种独特的民间小调，因演唱时表演者以枣木做的梆子掌握节奏并指挥,便命名为"枣木杠子乱弹",有曲调七十余种,素有"九腔十八调七十二哼哼"之称,已流传五百余年。

枣木杠子乱弹流传于大王镇大王西村一带,是当地农村盛行的文艺表演形式。每到冬闲时节,村民们凑到一处,且弹且唱,自娱自乐。根据大王西村村志、族谱记载及老艺人回忆,李氏祖先于明洪武年间由山西洪洞辗转迁来此地,那时就已经有了这种小调。可以推断,枣木杠子乱弹这一小调应始创于明初或更早时期,极有可能移民时由山西带来,又融合土语乡音而成。新中国成立前,这种小曲并不受人重视。到20世纪五六十年代,当地政府高度重视民间艺术,1955年、1960年曾两度组织专人到大王镇采集整理枣木杠子乱弹曲目。老艺人们回忆说,当时县文化馆的杨光住在村中,让李中清、李中道等艺人演唱,他逐句整理,有史以来第一次将枣木杠子乱弹以简谱形式记录下来,同时,剔除曲词中庸俗低下的内容。

1957年8月,大王镇民间艺人李中道、李中清、李宝贞等赴济南参加山东省第一届音乐会演,六名演员全在五十岁以上,大幕拉开,全场哗然。可是梆声一响,乐声四起,优美、风趣的《正反对花》有问有答,有念有唱,或男或女,或分或合,惟妙惟肖,技压全场,赢得了阵阵掌声,并荣获这次全省会演一等奖。

"正月里呀什么花儿开?正月里呀迎春花儿开……迎春的那个花开哎,想起奴家的哥哥哎……"在大王西村枣木杠子乱弹演艺厅里,一支表演队唱起了枣木杠子乱弹的代表剧目《正

反对花》。演员精神抖擞，唱腔高扬，曲调婉转，表情和眼神十分到位，手持枣木杠子、碟子，边敲边引吭高歌。旁边乐手则配合

枣木杠子乱弹《八仙庆寿》演员

梆子打出的节奏，演奏着挫琴、秦琴、坠琴等乐器，有时乐手身兼演员，虽无较大的动作表演，但是顾盼神飞，有唱有白，唱、白均通俗押韵，朗朗上口。

枣木杠子乱弹的表演人数不限，演唱（奏）者各执一样乐器，围坐成半圆形，各扮角色，共同演唱一个曲目。表现形式上，坐着演奏，站起表演，一人多角，生动灵活。枣木杠子乱弹的曲调系集体创作，由民间艺人口耳相传，原来曲目有七十多种，传下来的只有四十八种，而现代人会唱的不过三十种。

在大王西村，会唱"乱弹"的人基本上都是村里的老人。现在的年轻人愿意学地方戏曲的太少了，会唱枣木杠子乱弹的更少。为了让这个地方小调延续下去，重新焕发光彩，自2005年开始，广饶县文化部门对这一"曲艺中的活化石"进行了新一轮的保护性挖掘整理，组织县文化馆、镇文化站等部门对枣木杠子乱弹的曲谱、曲词进行汇总，整理出版了《"枣木杠子乱弹"剧目汇编》两辑，收录优秀剧目六十篇。同时，组织了大王西村文艺宣传队，购置了各种乐器、服装、道具，

巡回演出，展示宣传枣木杠子乱弹。目前，大王镇已经将枣木杠子乱弹列入中小学乡土教材，同时，通过创新演出形式，让枣木杠子乱弹焕发新的生机。

4. 盐垛斗虎

百年传演的凛凛虎威

1886 年，东营龙居一带遭遇旱灾，庄稼颗粒无收，盐垛村大部分村民外出逃荒要饭。村民张凌云在逃荒途中，看到外乡人舞狮子，觉得很有趣。1887 年他回乡模仿造狮子，但是由于制作狮头的原材料比较贵，就尝试用家中现有的材料替代，结果竟做出老虎形状的头，感觉也非常有意思，就留用了。

张凌云在舞狮动作的基础上进行了大胆创新，模仿老虎的抓、扑、咬、剪等动作编排了一整套斗虎舞蹈动作，形成了民间舞蹈盐垛斗虎的雏形。

"威风凛凛站山岗，天下英雄数咱强，上山能够擒猛虎，下山能够擒贼王，今天天气晴和，不如咱兄弟二人上山走也！"这是最初盐垛斗虎的开场白。盐垛斗虎表演时四只老虎按次序卧好，相距大约两米，先是四人上场，一人击鼓，一人击大铜镲，一人击小铜镲，一人敲锣。随即，一人上场，持钓鱼鞭，绕场一周，画出直径大约五十米的圆场，俗称"打场子"。待观众稳定后，表演正式开始。持钓鱼鞭者离场后，四斗虎者上场，四只老虎踏鼓点一般做"老虎出洞""老虎发威""老虎下山""饿虎扑食""群虎围攻"等动作，斗虎者通过"快三拳""慢三拳""三仆腿""下滚身""快三棍""慢三棍""白虎洗脸""跃虎"等舞蹈动作与老虎嬉戏打斗。

演出过程中可穿插滑稽高跷、旱船、衙司观虎等表演项目。斗虎者通过"打虎""斗虎"等动作展现斗虎者的英雄形象。伴奏采用民间打击乐，参与者动作要合上鼓点的节奏。

盐垛斗虎传承百年而不衰，其主要原因就是它是来自人民群众的一种艺术成果，因而，它被历代人民群众所喜爱并传承。从新中国成立前的第一代盐垛斗虎艺人张凌云（1858—1908），第二代盐垛斗虎艺人张光（1883—1952），到当前以张良一、曲子营、曲汉峰为代表的第三代传承人，他们因喜爱而传承，因传承而久远。

盐垛斗虎

每逢新年，村民争相聘请盐垛斗虎表演队到自己家门口表演，图个吉利平安，期盼来年风调雨顺。抗日战争年代，盐垛斗虎表演鼓舞了人民的斗志。1945年正月十五"大参军"，盐垛村斗虎队的四十八名民兵报名参加了人民解放军。

新中国成立后，盐垛村的斗虎表演经常在重大庆祝活动、节日时演出，丰富了当地群众的业余文化生活。

十一届三中全会以后，盐垛斗虎重新焕发生机，在乡村的舞台上，在市区组织的文艺会演中，都能看到盐垛斗虎的身影。近年来，龙居镇对这一民间舞蹈进行了深入挖掘整理，并组织了八十人的队伍进行学习排练。从 1989 年至今，盐垛斗虎每年都参加东营市区组织的民间文艺会演，赢得了群众的广泛赞誉。2009 年 10 月盐垛斗虎被山东省人民政府评定为第二批省级非物质文化遗产代表性项目。未来，盐垛斗虎必将以其独特的魅力传承下去。

5. 孙斗跑驴

妙趣横生的民间舞蹈

夸张的动作，诙谐的语言，形象的驴造型，恰当的乐器伴奏，惹得围观的人哈哈大笑，赞不绝口。这一民间舞蹈就是孙斗跑驴。

孙斗跑驴起源于广饶县陈官镇孙斗村，自清朝末年流传至今。其表演风格幽默、滑稽，深得人们的喜爱。在孙斗村，驴是当地百姓重要的生产、交通工具，农家有饲养驴作为家畜的习惯。农闲时节，群众就以驴为题材自制跑驴道具进行表演。清朝末年，孙斗跑驴第一代传人孙梦龄大胆创新，在模拟驴的动作和神态的基础上，把流传于当地的民间小调融入，有说有唱有舞，诙谐风趣，形成了孙斗跑驴这一独特的民间艺术。2013 年 5 月，孙斗跑驴被列为省级非物质文化遗产。

孙斗跑驴是表现一对农村新婚夫妻在回娘家的路上，过沟、爬坡、驴惊、抢救等经过，诙谐风趣。一般两人一组进行表演，一人扮骑驴妇女，把驴形道具系在腰间，上身做骑驴状，以腰为中心，左右小晃身，下身以小碎步跑动，模拟驴的跑、颠、跳、

踢、惊、犟等动作和神态，
讲究跑动如风，静如浮萍。
演员上下身动作的强弱、
大小、高低要相呼应，并
与另一扮演赶驴人的演员
相配合。赶驴人的赶、拉、
牵、撵等动作主要表现一

孙斗跑驴

种憨厚、质朴的形象，表演夸张、活泼、风趣、诙谐。孙斗跑
驴中的驴形道具多用竹、纸、布扎成，前后两截，下面用布围
住。孙斗跑驴主要伴奏乐器有高音鼓、高音锣、钹镲、手锣等，
烘托表演的气氛和节奏。一骑一赶组成一个表演单元，可以穿
插其他民间艺术表演形式，也可以多个单元混排，变换"编篱
笆""串花""二龙出水"等多重队形。在规定范围内大家做
勒嚼、着鞭、踢腿、尥蹶等动作，锣鼓、串铃、响鞭等声响构
成了孙斗跑驴独特的交响乐。

　　在抗日战争及解放战争时期，孙斗村的村民们还通过跑驴
这种表演形式，宣传抗战，鼓舞群众。新中国成立后，这些跑
驴队伍还经常参加县里的秧歌调演，培养了多批跑驴艺人。

6. 虎斗牛

跌宕起伏的庄户演艺

　　一段凄美的传说，成就了一出激越雄壮的民间舞蹈。不知
是何年何月何日，在黄河地区，一只饥饿的老虎出山寻食与牧
童、耕牛遭遇。为保护牧童，耕牛与老虎展开了殊死决斗。当

吓昏过去的牧童醒来时，一幅壮烈的景象出现在他的面前：在草毁树折的现场，老虎与耕牛遍体鳞伤，老虎死死地咬住耕牛的脖颈，而耕牛一只锐利的犄角，插入老虎的咽喉……后来，人们在牛虎搏斗的地方修起了两座坟茔，一为义牛冢，一为恶虎坟。"耕牛救主"的传说，就这样流传了下来。

1836 年，利津县城北街二十岁的王继先学会了用竹篾扎制老虎头的技艺。每到春节，扎两个大的虎头，用黄布彩绘成虎衣，四个人扮作两只老虎斗着玩，招惹得人们里三层外三层地围观叫好。由于占用人员少，不用花钱买灯烛，热闹而低费用，这一表演就这样上演了起来，并且有了个"老虎斗"的名称。

约在光绪年间，老虎斗的创始人对节目进行了再创作，两只老虎保留一只，增加了小猴、耕牛和牧童的角色，以"耕牛救主"为主要故事情节的民间舞蹈逐步形成。一开始名称为"耕牛救主"，后改称"虎斗牛"。它情节生动，主题鲜明，场次清晰，结构紧凑。由"饿虎寻食""虎猴相戏""牧童放牛"和"耕牛救主"四部分组成，演出时间在四十分钟左右。伴奏用的锣鼓经（鼓谱）名叫"老虎通（读去声）"，也是北街村所独创，根据情节而变化鼓音高低和鼓点疏密。年来节到，只要大北街的老虎通一响，人便潮水般涌过来。1944 年，八路军攻克日寇占领的利津县城，大北街的虎斗牛在祝捷大会上表演，深受八路军指战员和渤海军区的同志们喜爱。此后虎斗牛多次参加利津县、惠民地区和东营市文艺会演，受到一致好评。

从老虎斗到虎斗牛，这门技艺一直在传达劳动人民对真、善、美的向往，展示了移民文化的特色，它是中国民间舞蹈系

列中不可多得的一朵奇葩。

如今虎斗牛已载入《中国民间舞蹈集成·山东卷》，并已录入中国非物质文化遗产名录数据库。

7.《黄河威鼓》

九龙翻身惊风雨

黄河滔滔，鼓声飞扬。数十面大鼓列阵，数百人演奏，九种节奏，循环穿插，急缓交错，变化无穷；鼓声响起，声震云霄，气势如虹，犹如黄河咆哮、万马奔腾，令人心潮澎湃。这就是黄河威鼓给人的印象。

《黄河威鼓》是在山东非物质文化遗产——垦利锣鼓的基

础上，融入山西威风锣鼓、陕西安塞腰鼓等元素，创排的一个黄河入海口地标式节目，集鼓、音乐、舞蹈、讲述于一体，既独立又融合，既有气势磅礴的恢宏场面，又有真挚热烈的情感展现，不同地域、多种鼓乐表现形式同台竞艺、浑然一体，以此突出沿黄九省（区）独特的鼓文化特色，深化黄河文化的传承与发展。垦利锣鼓俗称"四龙闹海"，明洪武年间从河北传来，是东营市垦利区流传的一种民间打击乐，距今已有六百多年的历史。经传承与发展，基本固定为以大锣、小锣、小镲、铙钹、大鼓为道具进行演奏。

现今排演而成的《黄河威鼓》，共有九种节奏变化，从一个节奏型转到另一个节奏型上称"翻"，鼓点呈气吞山河之势。

第一篇章《壮美黄河，奋发威鼓》。以庄严肃穆的阵容、节奏强烈的威风锣鼓阵势为主。热情洋溢的少年迈着矫健的步伐击镲伴奏、击鼓而舞，以盘鼓为主，加以队形的编排，经过技巧的提升和舞美的渲染，将奔放舒展的振奋情绪传递给观众，呈现出黄河流域鼓文化的代代传承与创新发展。

第二篇章《多彩黄河，幸福俏鼓》。把国家级非物质文化遗产陕西安塞腰鼓及黄河口鼓舞秧歌相融合，呈现黄河流域鼓乐文化的历史久远、品种繁多、形式多样，用黄河民间鼓乐丰富的表演形式和精湛的演奏技巧，以鲜明的时代主题、广阔的艺术视角集中展示了黄河流域具有代表性的鼓乐特点以及浓郁的地方特色。

第三篇章《和谐黄河，铿锵阵鼓》。该篇章表演气势宏伟庞大，以原创黄河大鼓鼓点为主。既展现黄河锣鼓的端庄清雅，又体现鼓声催人奋进的豪情。用气势恢宏的黄河大鼓呈现黄河汇聚的态势，华夏文明源远流长、博大精深，描绘了一幅华夏大地五谷丰登、风调雨顺的壮美画卷。

尾声《大河入海，黄蓝畅响》。将各种鼓的艺术形式汇聚在一起，把气氛推向高潮。酣畅淋漓的鼓姿，强劲刚烈的鼓点，似黄河咆哮，如万马飞奔。大鼓雷音，小鼓奔腾，现场化为鼓的海洋，用鼓奏响新时代的黄河大合唱。

《黄河威鼓》四个部分，分别体现黄河文化的壮美、俏丽、和谐、汇聚，用音乐的强弱起伏以及娓娓道来的阐述描绘了中华儿女对母亲河的无限深情。

《黄河威鼓》，敲出了黄河口人的激情与豪迈、喜庆与欢乐，也敲出了盛世里的一片人间烟火。

气势磅礴的《黄河威鼓》

（二）精雕细琢老手艺

1. 黑陶

黄河口匠人的绕指柔

黄河口黑陶的傲然站立，黄河口黑陶的洒脱俊朗，离不开黄河母亲，也得益于质朴的手、灵慧的心，得益于柔和的风和强硬的火。这土与火的完美结晶，仿佛有着通地的灵性与向天的魂魄，诠释出一种博大精深的古老文明。黑陶，不论是置于客厅还是书房，它总是那么干净、自然生动，展示着深沉凝重的刚毅风骨。

黄河口黑陶是远近闻名的传统工艺品，因为起源于垦利县佛头寺村，故当地习惯称其为"佛头黑陶"。

明洪武二年（1369），山西洪洞县移民李元通、李元成兄弟二人，来黄河入海口处定居，建茅屋，挖土筑灶，开始了刀耕火种的日子。生活所用的盆罐瓮无钱购买，就取黄河淤泥烧制泥陶。泥陶造价低，结实耐用，并且用泥罐盛放汤粥，送到田间晒上几个时辰不会变馊，这十分符合当时黄河口一带居民的实际需求。

清朝中期为佛头泥陶制作鼎盛时期。全村不足五十户人家,陶窑就有二十余座,并且家家户户有制陶作坊。因沿河两岸人口众多需求量大,连供奉祖先用的香炉、香牌都是黄泥烧制的,李氏族人便把祖传陶艺辐射周边

黄河黑陶制作之压光

县区,解决了供不应求的问题,也提高了人们的收入。饥荒年,全村人日夜制陶,饿着肚子走街串巷叫卖,换回些窝窝头、菜团子充饥。后来,随着人们需求的变化,民间艺人不再局限于盆罐的实用性,开始兼顾观赏性。他们从明水买来红土(釉料),抹在生坯上,作为底色。底色稍干之后,用毛笔蘸汁水在底色之上画松竹梅兰。这样,泥陶摇身一变,成了工艺品。

新中国成立后,泥陶受到陶瓷、塑料制品的冲击,市场疲软。为了生存发展,泥陶在保留古老传统工艺的基础上,借鉴外地生产黑陶的经验,创造性地由传统烧制盆罐转化成为制作花瓶、文房四宝、台灯、挂盘等250多种工艺品,制作工艺增加为雕刻、压光、绘画、镶锡、镀金等十几种。由此,黄河口黑陶身价倍增,当年只配在农家灶间使用的泥陶以它古香古色的姿态,摆上豪华的大宾馆、高雅的

黄河黑陶制作之雕刻

会客室，甚至作为礼品漂洋过海，被送到美国、日本等十几个国家和地区。1984 年，黄河口黑陶荣获全省工业品展销会名优特新产品奖；1991 年，又获年度"七五"全国星火计划成果博览会金奖；1992 年，再获墨西哥中国实用技术及产品贸易展览会金奖；在文化界被知名人士赞为"中国黑陶""齐鲁黑陶之花"等。2007 年，佛头黑陶申遗成功。

"捏起泥巴也成金"，这一黄河口人古老的愿望在他们的手上变成了现实。黑陶出窑的日子，是最让人激动的时候，喜悦中掺杂着不安，当人们小心翼翼地从窑里捧出一件件余温尚存的黑陶，就像捧着新的生命。一块普通的泥巴，如梦如幻地改变了模样，但它的根是不会改变的，质地还是原来的质地，品格还是原来的品格。历经刀刻火烧的黑陶身上，看不到钢，看不到铁，也看不到烟火气，但能看到一种锋芒内蕴的精神。造型古朴神秘的黑陶，性情宁静端庄，容颜美轮美奂，传递出一种生动的气韵，一种飞扬的神采。

黑陶是会说话的，它一直在说。

2. 黄河澄泥印

黄河红泥醒来的万千气象

"九曲黄河万里沙，浪淘风簸自天涯。"自古就有黄河"一碗水，半碗泥"之说，黄河不仅是中华文明的摇篮，连它携带的泥土都能培育出独特的文化。黄河澄泥印便是黄河流域土生土长的文化瑰宝。择取九曲黄河奔流入海沉积红泥，汇聚印章匠人心血倾注，经陈腐、揉制、压坯、雕刻、抛光以及数日不间断的电窑烧制等二十余道工序，一方外表光泽圆润、极具黄河古道特色的澄泥印出窑问世。

自小在黄河岸边长大的张金霞及其爱人在一次偶然的机会下发现，由黄河红泥烧制的澄泥印硬度高、下刀易雕刻，能达到石印所不及的效果，至此，她跟爱人便踏上了钻研黄河澄泥印的道路，开始了一段"点泥成金"的故事。

河口区尚乘美术馆西侧，是张金霞及其爱人的"藏宝阁"，里面整齐排放着近千枚色泽红亮的黄河澄泥印。尚未成型的块状红泥存储泥袋，初露造型的陶印静置晾晒，古拙雄浑的印钮雕刻着独属黄河尾闾的人文特色和地质风貌，钮式之妙尽显其中，不可尽述……"别看现在这些烧成的黄河澄泥印完美无缺，其实经历了无数次试错与挑选。"张金霞介绍说，烧制黄河澄泥印需要跨过层层关卡，稍不注意火候跟阴干时间，黄河澄泥印便容易出现裂纹。

高温下的窑变，呈现出一个五彩缤纷的世界，让人赏心悦目。"入窑一色，出窑万千。"它带着大自然的气息，唤起每一个人对黄河文化的敬仰，既有艺术性，又有传承性，其价值不囿于一种产品，更具有较高的审美价值和鉴赏功能。

黄庭坚有诗云："洮砺发剑虹贯日，印章不琢色蒸栗。"我国的印章制作技艺历史悠久，为何黄河澄泥印尤受赞誉？澄泥印硬度比石印高，印面不易磨损为其一；澄泥印历代流传作品很少，少则珍贵为其二；制作方法多样化，或用刀刻制，或轮碾，或范制成形，或压印，或手绘等，此为其三；澄泥印未烧制比石印软，下刀轻松易刻，烧成后硬度高，且有石印所不能达到的天然效果，实现人工与天然的完美结合为其四。

无论是火中取"悦"还是指尖之"舞"，都是匠人们在时空中的杰作。由"手艺"至"手造"，一代代手艺人汲取祖辈的营养，在诸多现代元素的影响下"舒枝展叶"，生发出最美的模样，生生不息，悠久流传。

3.东王泥陶

指尖上的天地人和

相传距今约七百年的明洪武年间，王姓兄弟二人随族人迁居东王村，并修建了村里的神井、古庙和窑厂。为了集齐建庙需要的砖瓦等材料，两人联合族人亲自动手制作。

起初只是为了建庙宇制作简单的砖瓦等材料，后来迫于生计，开始生产黄盆、面瓮、水罐等生活用品。经过几代人的传承坚守，制作技艺逐步提高，久而久之，除了日常用的器皿，王氏后人也尝试烧制花盆、文具、古鼎、黄泥壶、餐具和人物塑像等各式器物。

随着技艺日渐成熟，出品的器物黄如金、亮如镜、薄如纸、硬如瓷，只可惜几经战乱，诸多陶窑毁坏殆尽。

一次机缘巧合，村民王学芳在祖屋内意外发现一本残存的小札，封面早已泛黄，且残破不堪，仔细一看，原来是祖辈遗留下来的制陶用书。

王学芳毕业于山东艺术学院雕塑系，她结合所学的雕塑、素描、绘画等专业知识，几经辗转，多次实践，终于掌握了昔日东王村制陶工艺，创办了东王特有的"东王陶艺"手工作坊。她将现有的工艺色彩与优秀传统元素充分融合，大胆创新，赋予了作品新的生机。

东王泥陶

2010 年 7 月，王学芳与丈夫王运奎一起创立了奎缘陶艺工作室。8 月份工作室正式定址济南市郊区，王学芳外出学习陶瓷制作与烧制工艺，丈夫负责跑市场，开发新产品。

2012 年，《走向世界》杂志社的张仁玉专程采访了夫妇二人，张仁玉写的报道吸引了更多来学习的陶瓷爱好者。王学芳把自己多年所学倾囊相授。

2017 年，夫妇二人回到东王村，创办了"东王陶艺工作室"。

不久，夫妇二人代表东营市赶赴日本东京参加中国山东省文化观光商品（东京）展示会，为期两天的中日文化交流令二人获益匪浅。一次交流会不只是让他们的作品走出国门，更重要的是把中华优秀文化更好地在国际上传播开来。

两人在无偿教学的过程中，曾遇到过一位四十多岁的聋哑人林某，一年半的时间里，夫妇二人为林某免费提供食宿，在两人的帮助下，林某刻苦学习，终得一技之长，现就职于一动漫公司，干得风生水起。

善良是一种品格，善良的他们选择对世界善意相待，善良的他们事业越做越大，那些精美的黄河口"手造"在他们的指尖翩翩起舞，演绎着天地人和。

4. 麻湾"梅花刀""双王刀"
百姓得心应手的好家物

在龙居镇麻湾村，那种久违的叮当叮当的锤打声又响彻耳畔，两个农家院落里，堆满废铁和各色器具，炙热的炉火旁，制作人满头白发，有节奏地敲着铁毡上的铁具。他们分别是麻湾梅花刀第五代传人王海乡和麻湾双王刀第六代传人王清水。

麻湾梅花刀具的锻打工艺始于明末清初，兴于清同光年间，距今已有两百余年的历史。创始人王辉打造的农具、刀具供不应求，是当时方圆百里有名的铁匠艺人。梅花刀以"熊背冰身白纸刃"为特色。

麻湾双王刀始于宋，兴于清，明初曾为唐赛儿起义军打过刀、长矛、红衣大炮，祖上也曾为义和团打制武器。王清水说："我们的刀切肉过白，切姜不毛，切葱不散，刀口锋利耐用，以'背后膛薄钢铁分明，刃口锋利口薄易磨'而著称。"

王清水十五岁做铁匠，20世纪八九十年代，他家雇了二十几个人，生意红火。九十年代中期，随着农业机械化程度的提高，农村对于镰刀、铁锹、犁等农具的需求量骤然减少，打铁这一行业也日渐凋零。麻湾村六家铁匠铺，有五家因生意惨淡接踵关门，王清水仍在咬牙坚持。

"打铁还得自身硬"，一个师傅带着一两个徒弟打铁，成天守着炙热的炼炉、抡着沉重的锤头，那辛苦自不必多说。

说起最困难的时光，老人心酸无比："那一年，全家七八个老少爷们，忙活一年打制的铁具，才卖了几千块钱，给工人发完工钱，几乎一文不剩。当时大伙儿都很灰心，学徒们纷纷离去，连打铁多年的大哥也拖着满身的病痛转行。" 祖传的手艺怎么办？如何传承，成了压在王清水身上的重担。"柴米油盐七件事，刀具永无落伍时。"经过深思熟虑，王清水决定把精力主要用在刀具制作上。他潜下心来研究改进工艺，提高制作效率。村里通电后，王清水将大锤换成空气锤，磨刀也用上了磨刀机，减轻了工作强度，提高了生产效率。做刀的材质也不断改进，以前做刀，只将好钢用在刀刃上，现在采用特殊钢材打出的刀既锋利耐用，又不生锈。王清水深知，做一把好刀，最关键的还是技术。"刀耐不耐用，全看淬火，工具可以与时俱进，但关键技术还得靠祖传的手艺。"王清水制作的刀具完美糅合了传统技艺和现代技术，名气越来越大。2008 年，麻湾双王刀具作为特色产品被推上旅游节。现在每年能打两万五千把刀具，行销四方，甚至归国华侨也有慕名前来购买的。王清水说，他现在把手艺全部传给了儿子，希望这祖传的手艺能一代一代传承下去。

　　叮当，叮当，打铁声声声不息，驻足静听，令人心神悠远。在这一日千里的时代，这种声音虽然孤独、微弱，但正如每次落下去的铁锤一样，透着坚毅和韧性。

5. 齐笔

善遣春温上毫锋

汉字是世界上少有的因为书写发展成为艺术门类的文字，究其原因，除方块字的独特魅力之外，作为书写工具的毛笔，也"居功至伟"。

齐笔，产自广饶县大王镇西营一带，因地处齐地，已有两千多年的历史，与浙江湖笔、安徽宣笔、河北侯笔并称中国四大名笔。齐笔的产生及历史很值得大书一笔：据中国古代的《博物志》和《古今注》等典籍记载，相传秦国大将蒙恬在外作战时，急需向朝廷书写奏折求援，情急之下，他割下一撮马尾捆在木棒上蘸着锅灰写了一份奏折，于是就有了毛笔。因为蒙恬祖居齐国，后人就将他发明的毛笔称为"齐笔"。齐国时候国王专用这种毛笔，觉得非常好用，视为国宝，用来奖励有功之臣或赠送来访使者。明朝郑和下西洋的时候，曾把齐笔当作国宝带到了国外，赠送给外国朋友。两千多年来，齐笔不仅传承着博大精深的齐鲁文化，渲染着淳厚朴实的文化氛围，同时也作为一种民间工艺，养育着一方人。

齐笔鉴赏

大王镇大张淡村的郭明昌是齐笔第五代传人。他的父亲郭乐银、岳父魏守先都是当地有名的制笔名匠，曾在北京制笔厂为国家制作过毛笔。郭明昌当兵回来，就继承了老人们的活计，开始是用来养家糊口的。后来他成了当地首屈一指的制笔名匠，已坚持制作四十多年。一杆好的齐笔，笔杆要既美观又轻盈，笔头要用上好的狼毫，要经过水盆、皮毛脱脂、制杆、摘头、做峰、连笔、剔毫等一五百十道工序。郭明昌还自学刻字等，对笔杆进行艺术性装饰，让齐笔不单是书写工具，更是一件代表着华夏文化的艺术品。

几十年来，郭明昌两口子使用的牛骨篦子、牛骨板、修笔刀等制笔工具都已经被他俩的双手磨得锃亮。他们开发出了胎毛笔等纪念品，还积极制作各类齐笔文化旅游纪念品，目的是把齐笔制作技艺传承下去。国家对传统文化和非物质文化遗产非常重视，在"山东手造"评选中，郭明昌专门制作了一黄一篮两支齐笔参加评选，寓意是齐笔来自黄河入海、黄蓝交汇之地。

从 2013 年开始，教育部要求把书法教育纳入中小学教学范围，小学三年级起要开设专门的毛笔书法课，这让齐笔有了更广阔的市场，也让老匠人们看到了齐笔的希望，干得更有劲头了。近几年，郭明昌还在镇上的几个小学免费开设了齐笔制作校本课程，向孩子们普及毛笔文化知识，教给他们制笔技

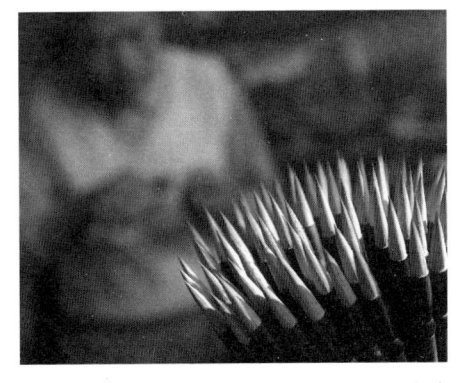

齐笔

艺。他的女儿继承两人的衣钵，也已经能熟练地制作毛笔。郭明昌的家里，进门就能看到摆着水写布和毛笔的书案，他们夫妻也会把一些毛笔送给年轻人："写写试试，中国人就要把咱们的中国字写好。"

6. 留年旗袍

一针一线绣华年

留年旗袍取名自北宋诗人杨炫的名句"孤松既能却老，半石亦可留年"。

创始人李长梅擅长绣花，她每件衣服的衣角上都绣着各式各样精致的花，鞋子上绣的小花、蝴蝶逼真细腻。儿媳齐玉英是第二代传承人，她在绣花的基础上又学会了缝制衣服，最擅长做的是中山装和旗袍。她女儿玄秀平受她影响学会了服装制作，十七岁时做了人生中第一件旗袍，成为第三代传承人，擅长手缝旗袍和制作。耳濡目染，她的女儿董洁从小就喜欢上了这门手艺。上大学的时候，董洁选择了服装设计专业，毕业后回家，开启了创业之路。她从最基础的事做起，兢兢业业，两个月时间瘦了整整八斤。但是不到半年就全面掌握了家传的服装制作工艺，成为第四代传承人。

玄秀平说："八五年在老家开办服装学习班，两年培训出两千多名服装爱好者。每人收取两千元的学习费用，都是抢着去报名的，现在发着工资都很少有人去学这门手艺。第一次做生意卖布，害羞啊，老远看见有人来就赶紧叫丈夫，快，快，来人了！后来见的人多了，也就什么都不怕了。无论做啥事你只要把它琢磨透了，不怕不成功。"

1990年，在县妇联的帮助下，玄秀平开了一家服装定制店，从三间铁皮板房开始了创业之路。冬天要盖三层被子，床前盆里的水都结了冰。夏天铁皮屋烫手，那时又没有空调，屋里像蒸笼一样。1994年，成立了垦利县锦绣制衣厂。曾经为了赶制一批演出服，玄秀平三天三夜没睡觉，后来因过度疲劳而晕倒，导致眼睛出血看不清东西。2000年，公司注册为"东营市东派制衣有限公司"，转型做了外贸，员工三百余人。玄秀平一直本着品质第一的理念，产品质量好，客户也非常满意。

干事没有一帆风顺的，她们也遇到过好多挫折。2008年底盖好了厂房，却遇到经济危机……董洁说："那一年我看到爸爸老了许多，所以自己就暗暗下定决心一定把公司搞好，把太姥姥、姥姥、父母世代传承的手艺传承下去。"

留年旗袍

2020年，留年旗袍被评为省级非物质文化遗产代表性项目。

这些年的坚持，带动了不少妇女就业，公司被评为巾帼创业示范基地，2012年注册"留年旗袍"，寓意留住青春年华，留住传统服饰。

现在的东派制衣有限公司是一家集原创设计、生产、销售、售后服务于一体的中高档服装企业。主要产品是高档旗袍、中式旗袍以及个性化定制服装等。公司现有员工八十余人，其中百分之九十都是妇女，拥有各种先进设备两百件。

旗袍之美，从李长梅那里，一路款款走来，集古典美与现代美于一身，融流动与娴静于一体，飘逸着无尽的风情，散发着留年的暗香。这是一种优雅含蓄的美丽，这是一种风韵独具的淑仪！

7. 草编火燠技艺

"龙凤呈祥"惊艳世界

东营市垦利区邵家村的张奎善，是草编火燠技艺大师。他自幼酷爱美术和手工艺制作，十二岁开始学习草编技艺，经过四十多年的匠心研究，独创了富有黄河口艺术魅力的草编火燠技艺。

张奎善的祖辈也是做草编的，到他已是第四代。火燠技艺对手艺人的要求很高，父亲一开始教他时，就提醒既要准确把握火候和力度，又要做到心、眼、手协调一致。十二岁时，他制作的草编火燠作品《雄鹰展翅》获得了山东省幼儿教具一等奖。

为了迎接奥运会，他做了第一个草编火煨大型作品《九龙壁》，以北京故宫九龙壁为原型。琉璃的九龙壁可以烧制模型，草编火煨就得自己动手一点点来。《九龙壁》是他十多年来呕心沥血的精品，每条飞龙均有5000—6000个鳞片，以高粱苗、高粱秆、玉米皮等为原料，运用传统草编火煨技艺，选用自种优质红高粱秸秆为主要原材料，历经构思、扎胚、剪、削、煮、烤、染、串、粘等百余道工序，大气磅礴，美轮美奂。2016年1月，《九龙壁》载入上海大世界基尼斯纪录。同年4月份，该作品参展了十三届中国民间文艺山花奖，各评审专家均给予了高度评价，多家电台、报纸等媒体纷纷报道，在社会上引起了轰动。

九凤翱翔彩云间，玲珑奇石俊牡丹，舒展羽翼迎朝阳，鸾凤和鸣舞翩跹。张奎善的草编作品《九凤和鸣》，寓意和谐盛世、国泰民安、圆梦中国、有凤来仪，是张奎善历时两年六个月，经七十六道工序完成的大型立体草编艺术品。作品全长10米，高2.6米，九凤飞翔于彩云之间，神采奕奕，眉目传神，鸣叫互映，相得益彰。

随着参展的次数越来越多，张奎善的知名度也越来越大，作品也得到更多人的喜爱。2010年，张奎善成立了垦利东方草编传统艺术有限公司，在研发新产

火煨草编

品的同时积极参与创业培训活动，手把手培训教学草编工艺，带动农民共同增收致富，至今已培训两万余人。同时，他还注重传统文化从孩子抓起，举办非物质文化遗产——黄河口草编火燠技艺进校园活动，将非遗传统文化根植到孩子们心中，增强他们对中华民族传统文化的认同感、自豪感和责任感。

将手艺传承，并通过这门手艺带领更多人致富，是张奎善的梦想，也是他一直以来不懈劳作的动力源泉。

（三）唇齿留香好口福

1. 利津水煎包

兼得水煮油煎之美妙

东营人最可口的饭食记忆是这样的：街头巷尾那从幼时就有的摊铺，一灶熊熊的炉火，一口哧哧作响的平底锅，一盘热气腾腾的水煎包，刚出炉的裹着黄金甲的水煎包，萦绕百年的余香，咬一口刹那通透回荡在舌尖……

百年名吃利津水煎包，这项入选山东省级非物质文化遗产名录的名吃，创始于清代，扬名于后世。清光绪年间，利津县城和各乡镇就有许多经营水煎包的专业户。据说早先的煎包，和如今的锅贴没有多大区别，是刘凤岗对水煎包进行了脱胎换骨的改进。

1919 年，刘凤岗接替父亲掌管茂盛馆，他大胆尝试，对传统水煎包工艺进行了大胆改进，将死面改成老面发酵，使包子外观更加饱满，口感更加松软；同时他更讲究馅料的选择，随季节与口味变化，常有肉丁韭黄、肉丁白菜之类的荤馅与海米粉丝、豆腐青菜之类的素馅，无论什么为馅，原料必须精选。新鲜的韭菜和猪肉洗净，猪肉要切成肉丁，提前腌制好，韭菜切碎，不用绞馅。韭菜、猪肉分开放。馅料拌匀后，舀一匙韭菜铺底，再舀一匙猪肉置顶，包制成一个个圆圆的包子，将包子口捏紧朝下排列在平底锅内，以互相挨靠又不太紧为准。最关键的是，刘凤岗发明了搭（加）面水这一绝活。一次偶然的机会，刘凤岗把加了面汤的水浇到了锅里，开锅一看，没想到包子连成了一片，色泽金黄，好看又好吃。之后，刘凤岗就用调制的面浆水浇灌在包子的缝隙之中，以淹平缝隙为度，盖严锅盖，以大火猛攻，水沸而面浆渐少；等锅内的面浆水只剩下了三分之一，用一把长柄大铲将水煎包全翻一遍，盖上锅盖，文火慢烧；锅里的面浆水近锅底，开始噼啪作响的时候，改用文火细烤，等水彻底收尽，揭起锅盖，提起细嘴油壶在包子的根部四周挨个注入豆油和麻油，再细火烧煎片刻即可出锅。搭面水这一技术，使煎包底部形成色泽金黄、焦香四溢的嘎渣，名副其实的水煎包（水煮、油煎）诞生了。

水煎包的出锅可以钟表计时，也可以用眼看锅底的油是不是和面浆水一起成为金黄的锅巴。老式的平底锅，烟筒根有一铁皮水壶，水煎包上锅时便把壶中加满凉水，壶中水沸腾的时候就是水煎包刚刚熟的时候。

利津水煎包

利津水煎包上下焦黄，四面嫩软，吃起来香酥可口。鲁北一带就流传着"刘凤岗，开了张，别家的包子不吃香"的民谣。

与其他非物质文化遗产不同，利津水煎包是一种可以谋生的技艺，一块面板、一盆菜、一大海碗肉丁即成买卖，起早贪黑，不知不觉中，制作技艺不断传承。

当年，每逢秋季物资交流会，丰收后的农家往往扬鞭催马，满载新棉花，携带妻小赶会观光。棉花出手，腰包与情绪同时鼓胀起来，一家人在包子棚内一坐，品一品利津水煎包的香味，柔软的包子皮伴着馅心的汤汁在舌尖上流淌，肉香、酱香、面香、韭菜香，各种香气在口腔里碰撞，让人唇齿生津，欲罢不能。这也许是中国小吃家族中香型最复杂、质感最丰富、工艺最烦琐的面食了吧。在一口锅内，煎、煮、蒸三大加热技法交替使用，十几套动作干净利落，一气呵成，尽显利津民间的美食智慧和一流功夫。

一门手艺的生命力在于对传统的继承和升华，随着时代而流变的美味，与舌尖相遇，与心灵邂逅。从手到口，从口到心，只要点燃炉火，端起碗筷，每个平凡的人都在这个瞬间，参与创造了最诗意的烟火美食。

2. 黄氏酒坊

一天一锅十里香

　　"古法酿制 60 度以上的高度酒，窖藏十年后，再将这十年的酒顺四时花季重酿、浸提到 36.5 度。一天只酿 365 斤，也就是只做 365 瓶。人间唯一不可重复的时间之味！锁住一份真，将故事融进酒里，一天一锅用真情酿真酒是我一生的追求！"这是黄氏酒坊坊主黄长胜的心里话。

　　中国是酒的王国和酒文化的故乡，一部浩瀚的文化发展史，也可以说是一部厚重的酒文化历史。黄长胜是黄氏酒坊第五代传承人，祖上在山西汾河畔以酿酒为生，后又移民至山东利津铁门关，以独特酿酒配方，创立了铁门关黄氏酒坊，至今已过千年。1934 年，黄氏第七十二代孙、酒坊传人黄瑞林老先生重塑黄氏酒坊，以古法酿新酒，一时购买的人堵满道路。民谣"铁门此关古，黄氏酒坊馨，名酒天下传，醉倒黄河人"，妇孺皆知。

　　黄长胜近五十岁时才得一子，孩子一出生就没了娘，孩子哭的时候，黄长胜随手用筷子蘸了点酒点到了孩子的嘴唇上，孩子呜巴呜巴嘴大哭起来，怎么哄也不行。黄长胜以为是被酒辣到了。见孩子哭个不停，他又将蘸过酒的筷子放到他嘴里，孩子一下子就不哭了。从此只要他一哭就用筷子蘸点酒放他嘴边，孩子立马笑出声。黄长胜想，孩子因酒而来为酒而生，因此就将黄氏酒坊一天一锅的简称"黄一锅"作为了孩子的名字。

黄一锅从小任何玩具都不喜欢，就喜欢摆弄一些酒瓶子、酒罐子、酒管子，把他抱进空的大酒缸里自己自言自语能玩大半天。到了六岁那年，他能把酿酒的流程讲出来，还在纸上画得有模有样。十岁那年暑假，黄一锅在车间顶替一位师傅值班，光着肩膀有板有眼地干活，还像大人一样指挥大家怎么干，从那时起酒坊里的师傅们都称他"厂长"。黄长胜教育孩子：什么是本事？本事就是从小本着一件事，干它一辈子。父子常开玩笑：十岁读酿酒专业一本。

黄氏酿酒，是重酿工艺，以优质高粱为原料，用中温麦曲糖化发酵，用黄河入海口特有的刺槐树花为辅料，以高含锶碱性、富含独特微生物群的黄河水酿制，灭菌装入用黄河河泥烧制的泥坛中进行二次发酵。配料独特精致，酿造方法祖传，随四时花季不同，酒香各异，绝不重复，取名"一天一锅"。该工艺获得三项国家专利，2012 年 8 月，一天一锅酒被东营市酒文化研究会评为"黄河三角洲地域文化名酒"。

一天一锅，为传统文化的发扬光大纵酒高歌。

3. 广饶肴驴肉

百年贡味，极品佳肴

东营有句经典的话：天上的龙肉，地上的驴肉。驴肉，说的就是广饶肴驴肉。

肴驴肉最早出现在广饶，已经有近千年的历史。相传南宋建炎二年（1128），乐安关帝庙（即如今的南宋大殿）举行落成典礼，百官聚集祝贺。盛筵之上，佳肴繁多，唯有肴驴肉受到所有人的称赞，被推为百味之冠。清同治十二年（1873），广饶肴驴肉又经县城十一村的武举崔万庆举荐至兵部差务府并受称道。从此，肴驴肉奉诏纳入京城宫廷御膳房，一直延续多年。光绪年间，戊戌七君子之首康有为曾到过广饶，他品尝肴驴肉后挥笔赋诗："旅居京华骑驴郎，残羹冷炙豪门光。当年不知驴肉美，何事叩门却芳香。"自那时起，广饶肴驴肉的名声即传遍全国。

正宗的广饶肴驴肉出自县城十一村崔家肉铺。崔家多年屠宰，积累了丰富的烹制经验，其制作工艺也独具特色。先将洗净的驴肉断成大块，放入锅内，加适量的水和一定比例的老汤。锅内置一布袋，内装芳香肴药一剂，有白芷、八角、肉蔻、丁香等十几味。药方剂量适度、搭配讲究，有的添香味，有的去腥膻。尔后，急火攻三小时许，视肉肥瘦采取除油或添油的措施。肉肥则从汤中除油，肉瘦则添加老汤或油料，始终将肉与油的比例控制在一定限度内。等到汤中仅剩一层薄油罩住热气不易蒸腾，再用石头将肉压入汤内，改用文火焖蒸四五个小时即可。

刚出锅的肴驴肉呈紫红色，内外一致。其肉质硬实但易咀嚼，味道香浓却不油腻。因汤中搭配中药，故夏天蝇不叮虫不咬，不会变质。

广饶肴驴肉

食用时，横刀断丝，现出细致的肉理，让人垂涎欲滴。

广饶肴驴肉世代相传，一直保持很好的声誉。如今，崔氏家族中经营肴驴肉的后代竞相涌现，大都继承了古老的传统工艺，肴制的驴肉浓香馥郁，脍炙人口。为了方便携带，广饶肴驴肉大多都已采取真空包装，现已远销北京、天津、上海、东北、浙江等地区，深受消费者的欢迎。

焖煮时，浓香四溢，百步扑鼻；出锅后，色泽鲜亮，红中透紫，质地坚实而不硬，肥肉稍滑而不腻。很多外地人来东营，都会购买一些正宗的广饶肴驴肉，带回家作为礼品馈赠亲友。小小肴驴肉，浓浓好客情；百年贡品味，烹制有真功。

4. 龙居丸子

翻滚生姿的劲道肉丸

"团团圆圆，圆圆满满。"每逢过年，东营家家户户的餐桌上，一道丸子汤总是必不可少的。将煮好的丸子捞起，大珠小珠落玉盘。小小的美食自带弹力，欢快地蹦起，再缓缓回落。夹起肉丸，色白诱人质感细腻。咬一口，肉丸弹牙而又爽滑，混合着的葱姜进一步激发肉丸的鲜味，迸发在口腔内，让人回味无穷。龙居丸子因滋味独特深得人们的喜爱，因有史记载赵匡胤曾食用过而名扬四海。

黄河九曲十八弯的最后一弯，就是在龙居镇。

相传，后周显德六年（959），辽军入侵，周世宗派赵匡胤率兵抗敌，路过龙居，怒杀当地一霸"狼一刀"，百姓欢欣鼓舞。当地一杨姓厨师连夜做了肉丸感谢赵匡胤，因其食用方便回味无穷而深受赵匡胤喜爱。后来，赵匡胤做了皇帝，对龙居丸子的独特风味念念不忘，遂派人到龙居接杨姓厨师到宫廷专做丸子，自此，龙居丸子成为贡品。虽说这丸子摇身一变成了贡品，但丸子自带的喜庆团圆含义不变，龙居丸子从诞生到今日，已经走过了千余年的时光。

龙居丸子是齐鲁名吃，也是黄河口地标性美食。它选料考究，加工精细，质感爽脆，味道鲜美，食用方便。龙居丸子经选肉、绞肉、配料、制丸、装袋而成。首先选肉，肉的质量决定了丸子的好坏，这也是龙居丸子制作的关键所在。龙居丸子均精选优质猪后腿肉，肉要保鲜，还要在0—5度的环境下晾好、脱酸，使成品丸子劲道；然后进行绞肉，把切好的肉块葱姜放入绞肉机中绞碎，前后绞上三遍即可；接下来进行配料，依据制丸的标准，将鸡蛋、精盐及少许淀粉放入容器中搅匀，而后倒入绞好的肉中混合搅拌；最后制丸，把汤锅置于火上，放入清水烧开，再将制好的丸子放入烧开的水中，待丸子浮起再煮五分钟后即可出锅。

为积极打造非遗保护平台，推动龙居镇饮食文化传承发展，龙居丸子制作技艺传承人杨荣昌还将肉丸厂进行了改造，打造成了龙居丸子标准化生产车间，增设了龙居丸子制作体验馆、龙居丸子技艺传承展厅，以传统文化保护、培养传承、旅游参观为核心功能，以展示展演活动、文旅产品销售、娱乐休闲为辅助功能，让游客体验兼具传统与创新的中华民间技艺。龙居丸子以千年的传承，将味道深植在人们记忆中，成为众多东营人忘不了的老滋味。

现如今龙居丸子已经传承到了第六代，一代代传承下来，龙居丸子历久弥新，从里到外，流露着深厚的文化与美食底蕴。

5. 史口烧鸡

激活味蕾的香艳美食

史口烧鸡肥而不腻，色鲜味美，食用无需刀，用手一抖，骨肉自行分离，无论冷热，均余香满口，回味悠长。史口烧鸡出产于东营市东营区史口镇。史口镇，唐贞观年间始建村镇，食材广博，商业兴盛，是宋元以来南北贸易的商贾驿站。就在这史口镇北有一条大河叫赵家河，贸易船只都从河道中往来于大海和内陆。

声名远扬的史口烧鸡的诞生，伴随着一个美好的故事。传说在清朝，赵家河边开了一户王姓客栈，王家育有两子，老大生性油滑，成家早，妻子袁氏精明算计；老二则生性憨直，不善言辞，多少年也没能娶上个媳妇。王家老两口看在眼里，急在心中，四处托人给儿子说亲，可一个也没成。一晃三年过去，第四个年头，在当地一能说会道媒婆的撮合下，王老二与邻村老刘家的哑巴闺女刘氏结为了夫妻。这刘氏虽然聋哑，却心眼好，过日子还是一把好手。一年后，刘氏生下一子，取名王元。王家老两口心里甭提多高兴。可袁氏看在眼里，怨在心里，因自己还没儿女，不时挑刺找碴闹腾一番，弄得整个家鸡犬不宁。

老两口一商量决定分家，将家里的十亩土地分给两个儿子，客栈留给自己经营作养老之用。袁氏第一个跳出来：分地可以，但自己必须得五亩良田，盐碱地一分不要。王老先生很为难。哑妻刘氏看到公婆为难的样子，比比画画和丈夫商议，成全了大哥大嫂。

这一年，恰逢史口大旱，庄稼颗粒无收，老二家种的是盐碱地，经常吃了上顿无下顿。就在同一年，王老先生的老伴突然得了急病离世，王老先生伤心过度卧床不起。愁坏了的王家老二去村东大哥家商议，袁氏一口拒绝将老人接到家中扶养。老二哑妻把老公爹接到家中，细心照料。几个月过后，王老先生的病情略有减轻，可还是一副病恹恹的样子。俗话说，有病乱投医，哑妻听上年纪的人说，附近博昌寺的神佛十分灵验，于是带着香烛前去跪求神佛保佑。之后，刘氏拖着疲惫的身子从博昌寺返回，当走到村北老槐树下时，因过度劳累，晕倒在了那里。隐约间，她看到一位白发老者来到她面前，说道："行善之人，必得好报。我这有一剂药方可治你公爹之病。"刘氏不敢怠慢，将老者所说药方用心记牢。当醒来时，已不见老者。刘氏急忙起身回家，把自己的陪嫁衣物当掉，换来药材。又将家中的老母鸡杀掉一只，当作药引，小火慢煨，足足两个时辰后，院中香气弥漫，惹来乡邻探问称奇。哑女用汤匙一口一口给公爹喂下，并把鸡肉撕成小条给公爹食用，就这样连续服用了一个多月，眼看着公爹气色好转，筋骨有力，也能下地活动了。老人逢人便夸自己的哑巴儿媳心肠好。哑妻烹鸡救父的消息传遍了整个史口镇。这天，大半年未上门的大嫂突然找上门，原来，大哥染病在床，久治不愈，她是来求医问药的。哑妻让自己的丈夫把药方如实告知大嫂。老大媳妇如获至宝，连夜买来几味中药材，为丈夫烹制药膳。可是钱花了不少，却不见效。这下可气坏了袁氏，她气急败坏地到老二家讨说法，还跳起来大骂哑妻：骗子！害人精！难怪老天爷不让你说话！哑妻委屈地咽着泪水。老公爹气不过，抄起拐杖将老大媳妇轰出家门。这天夜里，袁氏也做起了梦，梦中一老者把药方告之于她。她急忙问："这个方子和老二家说的一样，可咋就不灵？"老者冷笑道："你不孝敬公爹，欺负妯娌，损了德行，药方便不会灵验！"说完，飘然而去。这时候雷声大作，袁氏从梦中惊醒。

第二天，大哥大嫂买上油条、煎包来到老二家，满脸愧意，扑通跪倒，对着老父亲就是一顿响头："爹，弟妹啊，俺们不是人，俺对不住你们啊！"这二人忏悔一番，决心痛改前非。随即将老父亲接到家中，好生伺候。老大的病不久痊愈。老王家上下和睦，日子过得越来越好。不久，老大媳妇顺利产下一子，取名王孝。王家把药膳鸡的配方说给大家，从此，史口镇家家户户会做药膳鸡，"史口烧鸡无秘方"的说法也流传至今。后经几代烧鸡人不断改进创新，史口烧鸡的味道更加浓郁，逐渐享誉全国。"哑媳孝父"的故事，也在史口镇传了一辈又一辈。

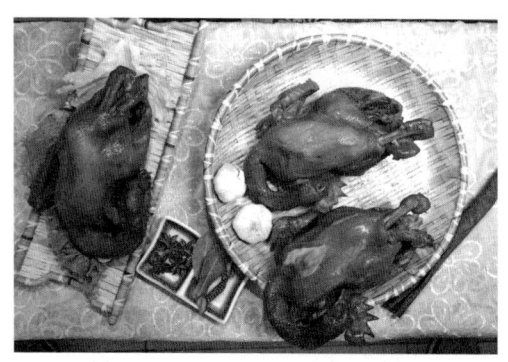

史口烧鸡

参考文献

[1] 于树健主编：《东营文化通览》，山东人民出版社2012年版。

[2] 杜惠林主编：《广饶历史文化通鉴》，中国文史出版社2013年版。

[3] 薄文军编著：《黄河口抗日战争史》，中共党史出版社2017年版。

[4] 广饶县文化和旅游局编：《故事里的广饶》，黄海数字出版社2021年版。

[5] 王志民主编：《齐文化概论》，山东人民出版社1993年版。

[6] 安作璋、王志民主编，杨朝明、于孔宝著：《齐鲁文化通史·春秋战国卷》，中华书局2004年版。

[7] 栾丰实著：《东夷考古》，山东大学出版社1996年版。

[8] 宣兆琦、李金海主编：《齐文化通论》，新华出版社2000年版。

[9] 秦永洲著：《山东社会风俗史》，山东人民出版社2011年版。

[10] 李树志、张宇平主编：《齐鲁文化概论》，中央广播电视大学出版社2015年版。

[11] 王献唐著：《山东古国考》，齐鲁书社1983年版。

[12] 张富祥著：《东夷文化通考》，上海古籍出版社2008年版。

[13] 李新华著：《齐鲁工艺史话》，山东文艺出版社2004年版。

[14] 黄河水利委员会黄河河口管理局编：《东营市黄河志》，齐鲁书社1995年版。

[15] 东营市文化广电新闻出版局编：《东营历史文化名人》，济南出版社2018年版。

[16] 东营市政协文史资料委员会编：《黄河口史话》，中国石油大学出版社2009年版。

[17] 吴观渭主编：《东营民间文学》，黄河出版社2010年版。

后 记

　　《丛书》（下编）的编纂，是在中共山东省委宣传部直接领导下完成的。省委常委、宣传部部长白玉刚同志统筹策划部署，并担任编委会主任，多次主持召开编委会会议，提出明确目标要求和指导意见。省委宣传部分管日常工作的副部长、省文明办主任、省新闻办主任袭艳春同志对本书的立项出版、风格设计等方面提出了许多宝贵意见。在魏长民、毕司东、程守田、张同海、冷兴邦等同志的大力指导支持下，以教育部人文社科重点研究基地山东师范大学齐鲁文化研究院为学术挂靠单位，组建了《丛书》编纂学术委员会，具体负责编纂学术指导、质量把关、终审定稿工作。山东师范大学特聘资深教授王志民任主任，山东大学儒学高等研究院教授杨朝明、中共山东省委党史研究院原一级巡视员韩延明、鲁东大学原副校长刘焕阳、山东齐鲁师范学院原副院长刘德增任副主任。

　　《丛书》（下编）为每市一卷共16卷，都列为山东省社科规划一般项目。在省委宣传部统一领导下，各市委宣传部负责本市卷的具体组织编纂工作。《丛书》编纂学术委员会制定了统一的《编撰体例》《编撰指导意见》；在主任全面负责下，分为4个片区，各由一名副主任作为首席专家具体指导，杨朝明教授：淄博、泰安、济宁、枣庄；韩延明教授：潍坊、临沂、日照、菏泽；刘焕阳教授：青岛、威海、烟台、东营；刘德增教授：济南、聊城、德州、滨州。各市委宣传部认真落实省委宣传部、编纂学术委员会的部署，大力支持编纂工作，组织有关部门与专家对提纲设计、样稿研讨、通稿定稿等关键环节，反复研讨、审议；各片区进行了多次研讨交流，相互借鉴，取长补短；各卷主编和全体编纂人员团结合作、齐心协力，付出了艰辛劳动。山东文艺出版社提前介入，对编纂工作和撰稿体例等提出了许多宝贵意见。在此，我们谨向为《丛书》编纂付出心血的各位领导、专家、作者和所有相关同志们表示诚挚感谢！

本册编纂，得到首席专家刘焕阳教授悉心指导，时任中共东营市委常委、宣传部部长于红波同志，分管日常工作的副部长孙典阔同志给予多方关心支持；本市刘树波、刘金凤、布平凡、康梦迪等同志提出诸多意见和建议。东营市垦利区政协郭立泉同志担任主编，全面负责本册的编纂工作。具体撰稿分工如下：第一部分"河海长歌"由李秀杰撰写；第二部分"沧海桑田"由崔宁宁撰写；第三部分"薪火永继"由王光荣撰写；第四部分"胜利华册"由刘英亭撰写；第五部分"非遗传韵"由杨袭撰写。

由于学识水平与编纂时间所限，不足之处在所难免，敬请专家和读者批评指正。

编者

2023 年 8 月